義妹が聖女だからと婚約破棄されましたが、私は妖精の愛し子です

桜井ゆきな

22624

角川ビーンズ文庫

Contents

義妹が聖女だからと婚約破棄されましたが、私は妖精の愛し子です
人物紹介
ルイス・モーガン
伯爵家長男で、
将来の宰相候補
マーガレット・シルバー
公爵家令嬢。
“妖精の愛し子”のため
妖精が見えて、
会話ができる
唯一の存在

キース

ソルト王国第一王子。
マーガレットの婚約者

シンシア

マーガレットの義理の妹

カナン

マーガレットのクラスメイト

ソフィア

マーガレットのクラスメイト

妖精さん達

くっきー

しょこら

みんと

本文イラスト／白谷ゆう

第1章　妖精の愛し子と聖女

「赤ちゃんの背中に羽が生えててね、ふわふわ飛んでるのー」

まだ小さかった私が言った時、お母さまはとても驚《おどろ》いた顔をした後で、優《やさ》しく微笑《ほほえ》んだ。

「それは、他《ほか》の人には見えていないから、誰《だれ》にも言ってはダメよ」

「誰にも？」

「特別な力は、あなたを守ってくれるとても強い味方にもなるけれど、あなたを利用したり、傷つけたりするきっかけにもなるの。だから、いつか、妖精《ようせい》の愛《いと》し子だからではなく、マーガレット自身を見つめて、愛してくれる人が現れるまでは、お母さまとの秘密にしましょう」

その時はお母さまの言葉の意味がよく分からなかったけれど、お母さまの言葉の通り妖精さん達はいつも私の側《そば》にいてくれる強い味方になった。だから、私はお母さまの言葉をずっと覚えていた。彼らは人の寿命《じゅみょう》は変えられないけれど、病気で苦しむお母さまの痛みを最期《さいご》まで和《やわ》らげてくれた。

十歳の時にお母さまが亡《な》くなってからも。お母さまが亡くなって一年もしないうちに、お父様が新しい母親と、私と一つしか年の違《ちが》わない妹のシンシアを連れて来た時も。義母が、私に優しくしてくれるお母さまがいた頃《ころ》からの使用人を次々と首にしていった時も。義母に、背中を物差しで叩《たた》かれるようになっても。シンシアが、「お姉様ばっかりたくさん持っていてずるい」と私の部屋からドレスや宝石を持ち出すようになっても。

私はずっとずっとお母さまの言葉を覚えているの。

十三歳になった時に、公爵令嬢《こうしやくれいじよう》の私は第一王子であるキース殿下《でんか》の婚約《こんやく》者に選ばれた。

「マーガレット・シルバー公爵令嬢」

初めての顔合わせの席でキース殿下は輝《かがや》く笑顔《えがお》で私の名前を呼んだ。その笑顔が私にはとても輝いて見えて、私は生まれて初めて胸がドキドキした。キース殿下が、お母さまとの約束の人『マーガレット自身を見つめて愛してくれる人』だったら本当に嬉《うれ》しい。私自身を見つめて頂ける様に、これから精一杯《せいいっぱい》努力しなくては、と本当にそう思ったの。

「なんでお姉様なんかが婚約者なの？　私の方が王子様にふさわしいのにー!!」

ディナーの時に、シンシアは荒《あ》れ狂《くる》っていた。でも、それさえも耳に入ってこないくらい、私はキース殿下の笑顔ばかり思い出していた。

「えぇ、えぇ。マーガレットみたいな可愛《かわい》げのない子よりも、シンシアの方がよっぽど王妃《おうひ》に相応《ふさわ》しいですわ！」

「……マーガレットの母親は、オルタナ帝国《ていこく》の伯爵《はくしゃく》家出身だからな」

お父様の言葉に義母は私を睨《にら》み付けた。物差しで背中をぶたれながら、何度も何度も言われたこと。

「お前の母親のせいで、私と旦那《だんな》様は愛し合っていたのに結婚《けっこん》が出来なかったのよ！　お前の母親は、愛されてもいないのに旦那様にしがみつく惨《みじ》めな女なのよ！」

だけど、私は義母のその言葉を疑っている。だってお母さまは、私の前でお父様の話をすることなんて一度もなかったんだもの。

その最期の時まで、たったの一度さえも。

（王子きてるよー）

（シンシアとおしゃべりしてるよー）

（熱々の紅茶をぶちまけてやろうか）

キース殿下は、たまに公爵家にご訪問くださるけど、執事《しつじ》やメイド達から、それが私に取り次がれることはなかった。栗色《くりいろ》の髪《かみ》に大きなリボンを頭に着けたくっきー、焦《こ》げ茶色の髪に青いタキシードのしょこら、緑色の髪に緑色のマントのみんと、三人の妖精さん達に教えてもらって、せめて一番まともなドレスを着て、髪を整えて、私はいつも慌《あわ》ててキース殿下の許《もと》に向かった。

「マーガレット。体調は大丈夫《だいじょうぶ》なのかい？」

「キース殿下。あのっ……ご心配いただきましてありがとうございます」

「お姉様！　ご無理なさらずまだお休みになっていた方が良《い》いですわ！」

シンシアは、キース殿下の前では、体調の悪い姉を本当に心配しているかのようなひたむきな顔をして私に話しかける。だけど、キース殿下の見えない角度からは、意地悪そうに口の端《はし》をあげて、私を嘲笑《あざわら》っていた。まだ十二歳なのにこんなに性格が悪いだなんて……。私はシンシアの将来を秘《ひそ》かに心配していた。

「マーガレット。美味《おい》しいかい？」

「はい。ありがとうございます」

キース殿下は、婚約をしてからまだ間もない時に、私をお茶に招待してくださった。王宮の庭園でのお茶会なのでさすがに私にも新しいドレスと、メイド長が結《ゆ》った（とても痛かったけど）髪で参加することが許されたのよね。

「キース様。マカロンもとっても美味しいです！」

フリフリのピンクのドレスとお揃《そろ》いのふわふわのピンク色の髪を揺《ゆ》らして、ニコニコ笑うシンシアを見て私はそっとため息をついた。招待状には、『妹のシンシアも是非《ぜひ》』と書かれていた。それを見た時の義母とシンシアのはしゃぎっぷりと、私への嫌《いや》みの嵐《あらし》といったら……。私が思い出してげんなりしている時だった。

ガタン！

「きゃーっ！」

突然《とつぜん》、キース殿下が倒《たお》れた。

「キースさまぁ！」

侍女《じじょ》達や、シンシアの叫《さけ》び声で庭園は大騒《おおさわ》ぎになった。

「王宮医をすぐにっ！」

キース殿下の専属護衛であるハンクス様が、指示を出しながらキース殿下に駆《か》け寄った。

（どくだよー）
（王子様の紅茶に毒が入ってたのー）
（シンシアの紅茶にも毒を入れてやろうか）

のんびりと言った妖精さん達の言葉に私はぎょっとした。

毒？　ねぇ、助けられる？

（いやだー王子様はシンシアとばっかり話してるからきらいー）
（それに死なないよー痛くて苦しいけど死なないよー）
（致死《ちし》量の毒を追加してやろうか）

良かった！　死なないのね。でも、あんなに苦しんでるわ。お願い！　くっきー、しょこら、みんと！！
妖精さん達はなかなかうなずいてくれなかったけれど、私が必死に頼《たの》んだら渋々《しぶしぶ》キース殿下に魔《ま》法《ほう》をかけてくれた。

キラキラ

突然キース殿下の体が光に包まれて、まばゆい輝きを放った。

輝きが消えるとキース殿下は目を覚ましたけれど、何が起こったか分からずに呆然《ぼうぜん》としているようだった。

「僕は……」

「キースさまぁ！　良かったですぅー！」

シンシアは、泣きながらキース殿下にすがりついた。キース殿下は、そんなシンシアを見つめた後で、ティースタンドを挟《はさ》んで（脳内で妖精《ようせい》さんと会話をしていて）惚《ほう》けている私に気付いた。

そして、呆然としたままシンシアと私を何度も交互《こうご》に見ていた。

後日判明したことは、キース殿下の弟であり第二王子であるレオナルド様を王太子にしたいという過激派が、キース殿下付きのメイドを脅《おど》して紅茶に新種の毒を入れさせていたということだった。新種のその毒には、遅効《ちこう》性があり、毒味をした時点では異状が見つからず、殿下が倒れる少し前に毒味係も倒れていたとのことだった。キース殿下は、妖精さん達の魔法のおかげですっかり痛みがひいて、お医者様の診断《しんだん》でも問題がなかった。

そのお茶会での出来事は、毒を飲まされても輝《かがや》く光に包まれて回復した「第一王子の起こした奇跡《きせき》」として、王宮だけでなく、国中で大きな話題になった。

（奇跡じゃなくて私たちのおかげなのにー）

（どうせ死ななかったのにー）

（もう一度毒を仕込んでやろう）

不満そうにパタパタ飛び回る妖精さん達に私は思わず笑ってしまった。

十五歳になった今も、ずっと他《ほか》の人には見えない妖精さん達は、いつも私の側《そば》にいてくれて、義母に傷つけられた私の背中をいつも癒《いや》してくれた。

（マーガレットだいじょうぶー？）
（僕たちが治してあげるー）
（痛いのはあいつらに飛ばしてやろう）

くっきー、しょこら、みんと、いつもありがとう。

（この家の人みんなきらいー）
（みんなマーガレットにひどいことするー）
（あいつら顔中虫さされにしてやろう）

でも、痛いのは皆《みんな》が癒してくれるし、お母さまの形見の緑色の石のブローチを盗《と》られないように守ってくれてるでしょ？　だから大丈夫よ。

妖精さん達がいなかったら、私はこの家で、寂《さび》しくて、苦しくて、悲しくて、絶望して、想像もしたくないけど、とても酷《ひど》いことになっていたんだろうなと思う。お母さまの言っていた通り妖精さん達は私を守ってくれるとても強い味方になった。

詩的に言うならば、彼らは私にとって、【パンドラの箱の最後に残った希望】のような、かけがえのない存在だ。

（マーガレットの髪《かみ》をわざとひっぱるメイド長もきらいー）
（マーガレットの部屋から時々宝石とか持ってってるー）
（髪を宝石みたいに固くして砕いてやろうか）

えっ？　義母の指示だと思うけれど、私の部屋にはメイドも来ない。だから、掃除《そうじ》も着《き》替《が》えもいつも自分自身でやっている。だけど、たまにメイド長が髪を整えてくれるので不思議に思っていたのだけど、やっぱりただの嫌がらせだったのね。……道理で痛いと思っていたわ。いえ、それよりもしょこらの言葉よ。
メイド長が私の部屋から宝石とか持っていっているの？　お義母《かあ》様の指示かしら？

（ちがうー売ってたー）
（たまに持ってってるよー）
（宝石で急所を打ち付けてやろう）

いつもシンシアに何かしら盗られてるから、まさかメイド長も紛《まぎ》れて盗《ぬす》んでいるなんて気づいていなかったわ。これって公爵《こうしやく》家のメイドとしてあるまじき行為《こうい》だし、というか犯罪だし、お父様にお伝えすべきよね。でも……。優《やさ》しい目で義母とシンシアを見つめた後で、私を見た時のお父様の氷のように冷たい目を思い出した。それは、思い出しただけで悲しくなるような冷たい目だった。……信じてもらえないどころか、嘘《うそ》をついたと罰《ばつ》を与《あた》えられて終わりね。

（料理長もきらいー）
（わざとマーガレットにだけ苦い草入れてるー）
（料理長も粕《かす》漬けにしてやろう）

えっ？　やっぱりあれも嫌《いや》がらせだったの？　すごい苦いのに、皆は普通《ふつう》の顔して食べているなと思ってたのよね。料理長がお料理下手なのかもとも疑ってたんだけど、そんなわけないわよね。

（でもあの草すっごく体にいいよー）
（人間は気づいてないけど体にいいよー）

（苦みだけ料理長に流し込んでやろう）

そうなの？　確かに体の調子は良《い》いなと思っていたのよね。いえ、そういう問題じゃないけど。

今まで知らなかった嫌がらせの数々を一気に知らされて、気が遠くなりかけた私は、

（あとねあとねー）

と、まだまだ続けそうなくっきーを見て遠い目になった。妖精さんは、私の強い味方、よね？

ソルト王国には、納税等の義務の他にも二つ、国民に定められていることがある。

一つ目は、貴族の子息令嬢《れいじょう》は十五歳になる年から必ず二年間王立学園に通うこと。二つ目は、平民貴族に拘《かか》わらずこの国の女性は全員十六歳になる年に『聖女の儀式《ぎしき》』に参加をすること。

『聖女の儀式』とは、ソルト王国の伝説に基《もと》づく伝統だ。

『ソルト王国では聖女が誕生すると国が豊かになると言い伝えられている。聖女の力が覚醒《かくせい》するのは十六歳になる年であると信じられており、この国の女性は十六歳になる年には必ず全員聖なる水晶《すいしょう》に手をかざすことが義務付けられている。

　聖女が手をかざした時にだけ、聖なる水晶は七色に光り輝くのである』

　今年十五歳になった私も一つ目の義務である王立学園に通っている。学園には寮《りょう》があるけれど、私は義母とシンシアの強い反対で、自宅であるシルバー公爵家の屋敷《やしき》から学園に通うことになった。本当は、あの家からは出て寮に住みたかった。だけど、お父様はそれを許してはくださらなかった。……私がいないと、キース殿下《でんか》が訪問してくださらなくなるのではないかと危惧《きぐ》したシンシアと、サンドバッグがいなくなる義母の必死の訴《うった》えが効いたのよね。それに妖《よう》精《せい》さん達の情報によると、私がいないと義母の矛先《ほこさき》が自分達に向くかもしれないと恐《おそ》れている使用人達も、私の寮行きがなくなって喜んでいたらしいわ。……一部の使用人の中には、私に嫌がらせをすることでストレス発散をしている者もいるらしいし……。私って……。自分の存在意義を考え始めると泣きそうになったので、やめましょう。

「マーガレット様は、キース殿下の婚約《こんやく》者に相応《ふさわ》しくないですわ！」

学園では、カナン・キーファ公爵令嬢が、ことあるごとにお友達を引き連れて私のもとに苦言を呈《てい》しにやってきた。入学式の日からずっと大声でこの調子で絡《から》まれているので、私はクラスでも完全に腫《は》れ物扱《あつか》いされている。

「カナン様、仕方ないですわ。だってマーガレット様は、ねぇ？」

「えぇ、カナン様と同じ公爵家とはいえ、マーガレット様のお母様は男爵《だんしゃく》家のご出身ですしねぇ？」

「あらぁ？　それは、愛人だった方でしょう？」

うふふふふ、と厭《いや》らしい笑い声に取り囲まれるのも慣れてしまった。公爵令嬢のカナン様はともかく他《ほか》の皆様《みなさま》は、伯爵《はくしゃく》家や子爵《ししゃく》家の令嬢なのだけれど、私がまったく言い返さないことと、お父様や元愛人の義母から冷遇《れいぐう》されていることはどうやら社交界でも有名らしく、最初は遠慮《えんりょ》がちだった嫌みも、今ではスラスラと出てくるようになってしまっていた。

いままでは、シンシアが一番性格が悪いと思っていたけれど……。私の世間はやっぱり狭《せま》かったのね。

（学園もきらいー）

（みんなマーガレットに意地悪するからきらいー）

(学園ごと爆破《ばくは》してやろうか)

みんと、爆破だけはやめて。

思わずくすっと笑ってしまったのがカナン様の逆鱗《げきりん》に触《ふ》れてしまったらしい。

「何が可笑《おか》しいのですか？　ゆっくり聞かせてくださいませ！」

私はそのまま皆様に囲まれて学園の裏庭に連行されてしまった。今までは、絡まれていても教室や食堂とか人目があったけれど、さすがに誰《だれ》もいない裏庭はまずいかもしれないわね。池もあるし、もしかして落とされたりしてしまうのかしら。

私が困惑《こんわく》しながら、目線をあげると、なんとカナン様達の後ろからキース殿下がこちらに向かっていらっしゃるのが見えた。助けにきてくれたのかしらと嬉《うれ》しく思う反面、キース殿下が出てきたらカナン様達が激昂《げっこう》してしまわないか心配だわ。

……だけど、そんな私の心配はまったく無用なものだった。

「っ!?」

なんとキース殿下は確かにこちらに気付いたのに、そのまま見ないふりをして引き返してしまわれた。……私がキース殿下に気付いていたことに、気付かなかったんだわ。

（王子様にげたー）
（やっぱりきらいー助けなきゃよかったー）
（今度こそ致死《ちし》量の毒を流し込んでやろうか）

妖精さん達の言葉も、カナン様達の言葉も頭の上を流れていった。まさかこの状況《じょうきょう》で無視されるなんて。

「聞いているんですの!?」

上の空の私に痺《しび》れを切らしたカナン様が私の肩《かた》を押したので、バランスを崩《くず》した私はそのまま背後の池に落ちそうになった。……のだけど、不思議な空気に包まれて寸前で体勢を持ち直した。

「きゃーっ!」

「なんですのー?」

同じタイミングで、突然《とつぜん》カナン様達の上から水が降ってきた。水を被《かぶ》った彼女達は背を向けて逃《に》げ出した。

いっ、今のは?

（あいつらきらいー）
（僕たちのマーガレットに調子乗りすぎー）
（次はあの水に唐辛子《とうがらし》を混ぜてやろう）
ありがとう。でも、もうしちゃだめよ。

（なんで？）
（物差しおばさんにも仕返ししたいのにマーガレットがだめって言うのー）
（メジャーでぐるぐるに巻いてやろうか）

人を傷つけることをしてはだめよ。私は皆《みんな》がいてくれるだけで十分。叩《たた》かれた痛みを癒《いや》してくれることや、池に落ちるのを止めてくれただけで十分。
お願いだから、人間を傷つける妖精さんにはならないでね。

不満そうな妖精さん達はそれでも、

（（わかったー））

と言ってくれた。

だけど、逃げたキース殿下の背中を思い出して、私はお母さまが亡《な》くなって以来の途方《とほう》にくれた。

「マーガレット。昨日、カナン公爵令嬢達に囲まれていたという噂《うわさ》を聞いたのだけど、大丈夫《だいじょうぶ》かい？」

翌日、何事もなかったかのように心配そうに聞いてきたキース殿下に目眩《めまい》がした。

カナン様達はさすがに『マーガレットを池に突《つ》き落とそうとしたら空から水が降ってきた』ということは誰にも話せなかったようで（多分話したところで誰も信じないだろうけど）、私がカナン様達に取り囲まれてどこかに連れていかれたという噂だけが流れていた。

「キース殿下。ありがとうございます。少しお話をしただけなので問題ありませんわ」

私の答えに満足したのか、キース殿下は笑顔《えがお》になった。

「それなら良かった。何か困ったことがあったらいつでも僕に言ってほしい。僕はいつだって

マーガレットの味方だからね」

その笑顔は、初めて出会った時と全く同じ笑顔だった。あんなに輝《かがや》いていると思っていた笑顔だけど、嘘《うそ》をつきながらでも浮《う》かべられるものだったのね。今はまったく輝いて見えないわ。私だって王妃《おうひ》教育で、感情を表に出さないことの必要性は学んでいるけれど、婚約《こんやく》者なのに、助けることもせず、笑顔で嘘をつくなんて。

自分の中のキース殿下《でんか》への憧《あこが》れのようなものが氷点下まで冷えて、消えていくのを感じた。

キース殿下が去った後でも、宰相《さいしょう》の息子《むすこ》であるルイス・モーガン伯爵子息はそのままその場に残っていた。彼は、キース殿下の将来の側近候補のお一人なので、他の側近候補の皆様《みなさま》達と一緒《いっしょ》にいつも殿下のお近くにいらっしゃるのよね。

「ルイス様？　いかがされましたか？」

「マーガレット様、少しお話をさせて頂いてもよろしいでしょうか？」

「ええ。もちろんですわ」

「……どうして以前のように笑わないのですか？」

「……えっ？」

「いえ。今のは忘れてください」

「はぁ……」

「貴女《あなた》に嫌《いや》みを言っている令嬢《れいじょう》達を放置されているのはなぜですか？」

「……なぜ、と言われましても……」

「同じ公爵《こうしゃく》令嬢であるカナン様はともかく、他《ほか》の令嬢達のことは、立場もわきまえず格上の公爵令嬢にもの申していると、もはや有名になっています。今後の社交界でも話題になってしまうでしょう」

　ルイス様は、一息ついて、眼鏡をくいっと持ち上げた後で、一気に捲《まく》し立てた。

「公爵令嬢である貴女には、それを正してやる責任があるのではないですか？　彼女達はこのままでは、まともな嫁《とつ》ぎ先など見つかりませんよ？　キース殿下にも、もっと寄り添《そ》ったらどうですか？　貴女はいつもどこか上の空で、他人を見下している感じがします」


　ルイス様の言葉は、私の頭に、精神に、ガツーンと来た。


（私、このめがねもきらいー）

（マーガレットに酷《ひど》いこと言うからきらいー）

（眼鏡を七色に照らしてやろうか）


「……ルイス様は、それをなぜ私だけに言うのですか？」

「……えっ？」

「本来でしたら、彼女達と一緒になって苦言を呈《てい》しているカナン様に言うべきことですわよね？　ルイス様も、私になら何を言っても問題にならない、私の言うことなどシルバー公爵家の誰《だれ》も相手にしない、と分かっているから、私におっしゃるのですよね？」

「あっ、貴女は何を言っているんだっ！」

「もしもカナン様に、ご友人をなだめろなどと苦言を呈したら、きっと彼女や彼女のご実家であるキーファ公爵家の逆鱗《げきりん》に触《ふ》れてしまいますものね」

私の言葉にルイス様は、とても驚《おどろ》いた顔をした。

「……僕はただ貴女に……」

私に？　だけど、ルイス様はそこでそのまま言葉を切った。

「いえ。すみませんでした。僕が自分自身を見直します」

それだけ言い残して、私から離《はな》れていった。

（マーガレットかっこいいー）

（めがねにげてったよー）

（眼鏡の度を抜《ぬ》いてやろうか）

パタパタと飛んで喜ぶ妖精《ようせい》さん達を尻目《しりめ》に、私の頭の中にはルイス様のお言葉が駆《か》け巡《めぐ》っていた。

私は確かに他の皆様《みなさま》から見たら、（脳内で妖精さん達とお話ししていて）いつも上の空なのかもしれない。確かにいつだって何かあったら妖精さん達が助けてくれると心の中で思っていて、どこかで自分は特別だと思っていたかもしれない。

（マーガレットどーしたのー？）

（この調子で物差しおばさんにも仕返しするー？）

（顔中吹《ふ》き出物だらけにしてやろうか）

意識が遠くなりかけた私は、なんとか最後の気力を振《ふ》り絞《しぼ》って妖精さん達をなだめ、義母の顔面が吹き出物で爆発《ばくはつ》することだけは阻止《そ し》することができた。

もう八年も前になるけれど、私が七歳の時に王宮でガーデンパーティーが開催《かいさい》された。そして、私はそのガーデンパーティーでの出来事が、いまだに忘れられないでいる。そのパーティーはキース殿下のお披露目《ひろめ》が目的だったので、国中の貴族だけではなく、キース殿下と年の近い子ども達も招待された国をあげての大規模なものだった。

当日は、お母さまが私のために選んでくれたクリーム色のドレスを着て、お母さまと私の瞳《ひとみ》と同じ青い色の靴《くつ》とアクセサリーを身につけた。そして、侍女《じじょ》のシャーロットに髪《かみ》をキレイに結《ゆ》ってもらった。シャーロットはまだ若かったけれど、とても優秀《ゆうしゅう》な侍女だとお母さまがよく言っていた。それに、私にもいつも優《やさ》しくしてくれた。私はシャーロットのキレイな黄色い髪が大好きだった。

でも、きっとだからこそお母さまが亡くなった後で義母はシャーロットを真っ先に首にした。

……私に優しくすると首にするという他の使用人達への見せしめのように。

「マーガレットとても可愛《かわい》いわ」

お母さまはそう言って私の大好きな優しい笑顔を向けてくれた。私もとても嬉《うれ》しくてお母さまと一緒にいる間中ずっと笑っていた。

（すっごくかわいいねー）

（おひめさまみたいー）

（ドレスをミント色に変えてやろうか）

妖精さん達にも褒《ほ》められて私はとっても幸せだった。ガーデンパーティーが始まると、子ども達は自然と子ども用のビュッフェコーナーに集まっていた。

私もお母さまと離れて子ども達の方に向かおうとした。

（きれいなお花があるよー）

（マーガレットの好きな青いお花だよー）

（パーティー会場を青い花でまみれさせてやろうか）

だけど、妖精さん達に誘《さそ》われて私はガーデンパーティーの輪から外れた中庭の池の近くの花《か》壇《だん》に向かった。

わー！　きれいだねー！

そこには妖精さん達の言っていたとおり青い花がたくさん咲《さ》いていた。キレイなお花に囲まれて私は夢中になって妖精さん達とお話をしていた。

「貴女《あなた》こんなところで何をしてらっしゃるの？」

だから、いつの間にか近くに同じ年くらいの女の子がいたことにまったく気付いていなかった。

「一人でニヤニヤと笑っていてとても気持ち悪いですわ」

いつもお母さまの優しい笑顔《えがお》に守られていた私は、突然《とつぜん》向けられた悪意にどうしていいかわからなくなってしまった。

「気味が悪いから友達もいなくて一人ぼっちでこんなところにいるのですわね」

畳《たた》みかけるように言われて私はパニックになってしまった。

怖《こわ》い！　この子嫌《きら》い！

思わず、私が心の中で思ってしまったその時だった。

（いじわるさんはきらいー）

（マーガレットをいじめるなー）

（物理的に頭を冷やさせてやろう）

「きゃーっ！」

その女の子は空を飛んで池に落ちて、あっという間に苦しそうに溺《おぼ》れていた。幸いガーデンパーティーの場所からそんなに離れていなかったので、悲鳴を聞いた護衛がすぐに駆けつけてくれてその子は救出された。私は池からは少し離れた場所にいたので、まったく疑われることはなかった。

だけど、その子の悲鳴が、苦しそうな顔が、ずっと頭から離れなくて、怖くて怖くてたまらなかった。

くっきー、しょこら、みんと。お願いね。お願いだから人間を傷つけないで。

だから、私はその日からずっと祈《いの》り続けた。

どうか妖精さん達が私のために人間を傷つけることがありませんように。そのために『私は絶対に何かを憎《にく》んだりしてはいけない』とずっと思っていた。私が憎んでしまうと妖精さん達はその人を傷つけてしまうから。だから私は絶対に憎んだり、あるいは望んだりしてはいけないのだ、と。

ルイス様と初めてお話をしたあの日までずっと。私はそう思っていた。

（マーガレットどうしたのー？）

（お腹《なか》すいたのー？）

（シンシアのおやつを奪《うば》ってこようか）


　くっきー、しょこら、みんと。わっ、私って……。

　ルイス様の言葉を思い出して唸《うな》っていた私を心配してくれた妖精《ようせい》さん達に私は『学園の皆様《みなさま》は私のことをどう思っているの？』と反則なことを聞こうとしてしまった。だけどその時、いつものようにカナン様達に机を取り囲まれた。

「マーガレット様！　成績が貼《は》り出されておりましてよ！　十位だなんて、やはりマーガレット様は、キース殿下《でんか》の婚約《こんやく》者に相応《ふさわ》しくないですわ」

「カナン様、仕方ないですわ。だってマーガレット様は、ねぇ？」

「えぇ、同じ公爵《こうしゃく》家とはいえ、お母様が亡《な》くなられてすぐに愛人が家にやってくるくらいですもの」

「あらぁ？　半分血の繋《つな》がった一つ違《ちが》いの妹がいたことの方が問題ではなくって？」

　うふふふ、と厭《いや》らしい笑い声に取り囲まれる前に私は立ち上がった。

「カナン様は何位でしたの？」

　私の質問が思いもよらなかったのか、カナン様は一瞬《いっしゅん》フリーズした後で、顔を真っ赤にされた。

（五十三位だよー）

（成績表みてキーキー言ってたよー）

（一生数式が覚えられない体にしてやろうか）


「わっ、私のことは良いのです！」

「「そっその通りですわ！」」

「ルナ・ターナー伯爵令嬢《はくしやくれいじよう》、ミラ・マーシャル伯爵令嬢、サナ・ランドマーク子爵《ししやく》令嬢」

　私は、カナン様のお友達の名前を初めて呼んだ。今度はお三人の顔が真っ赤に染まった。

「私、これからはしっかり皆様と向き合います。皆様のお言葉は一言一句決して忘れませんわ」

「……マーガレット様、それはどういう……」

「私達は決してマーガレット様を……その……」

「かっ、カナン様っ」

　三人の視線を受けたカナン様は、

「何をおっしゃいますの？　貴女達は貴女達の信念に基《もと》づいて行動しているのでしょう？　私

には関係ございませんわ」

と言って踵《きびす》を返してしまわれた。

「そっそんなっ！　お待ちください！」

「私達、カナン様がお喜びになると思って！」

「何かあってもカナン様が守ってくださると思っていたのです！」

三人は慌《あわ》ててカナン様を追いかけていかれた。一応私に申し訳なさそうに頭を下げながら。

……これで良かったのかしら？　不安に思いながらも席に着こうとした時に、ふと視線を感じた。

「うるさくしてしまってごめんなさい」

休み時間の邪魔《じゃま》をしてしまったわよね。

「いえっ！　とんでもございません」

私に視線を向けていたのは、ソフィア男爵《だんしゃく》令嬢だった。

「あっ、あのっ、マーガレット様」

「いかがされましたか？」

私が微笑《ほほえ》むと、ソフィア様はとても嬉《うれ》しそうなお顔をされた。

「とっても素敵《すてき》でした！」

「……へっ？」

ソフィア様の思わぬ発言に、キース殿下の婚約者に相応しくない間の抜《ぬ》けた声を出してしまった。

「いつも何を言われても全く動じず、クールなところもとても憧《あこが》れていたのですが、今日の、たった一言で撃退《げきたい》されたところもとても素敵でした！　……あっ！」

ご自分の発言がカナン様達に不敬にあたるかもと気づいたのか、ソフィア様は口に手を当てて俯《うつむ》いた。

「私は誰《だれ》にも言いませんわ」

「マーガレット様」

「とても嬉しかったので、私だけの宝物の言葉にします」

「……あのっ、本当はずっとマーガレット様とお話しさせていただきたかったのです。……またお話しさせて頂いてもよろしいでしょうか？」

「えぇっ！　もちろんですわ」

こっこれはもしかして、十五年間で初めてのお友達が出来たのではないかしら？

（マーガレットにお友だちがふえたー）

（いじわるさんたちと違ってソフィアの周りの空気はきれいー）

（祝福のシャンパンで溺《おぼ》れさせてやろう）

前言撤回《てっかい》。私にはずっと妖精さん達がいてくれたもの。十五年間で初めて人間のお友達が出来たのではないかしら？

「お父様、お母様、私、キース様にデートに誘《さそ》われましたわ！」

ディナーの席で大声でとんでもないことを言い出したシンシアに私はぎょっとしたけれど、義母は歓喜《かんき》に舞《ま》い上がった。

「まぁっ！　シンシア！　よくやったわね！」

「私は、お姉様とは違いますもの！」

「シンシア、デートに誘われたとはどういうことだい？」

お父様は、いつものようにとても優《やさ》しくシンシアに話しかけた。

「えへへっ。今日ね、キース様が来ていて、たくさんお話ししたの！」

シンシアは、チラッと私を見て意地悪そうに口の端《はし》をあげて笑った。今日は学園も王妃《おうひ》教育もお休みだったので、ずっと家にいたのだけど、キース殿下《でんか》がいらしてたなんて全く知らなかったわ。執事《しつじ》やメイドが声をかけてくれないのはいつものことだけれど……。私は妖精さん達を見た。妖精さん達は不自然に私から目を逸《そ》らしたり、口笛を吹《ふ》いたりして飛んでいた。

　さては、キース殿下が嫌《きら》いだからわざと教えなかったのね。

「それでねっ、お姉様は、いつも学園か王宮だし家にいてもお部屋に閉じ籠《こも》ってばかりで、私は寂《さび》しいんですってお伝えしたら、今度、私のことも王宮に招待するから一度お姉様が学んでる姿を見てごらんって言ってくれたの！」

　……それってデートなのかしら？？

　私と同じ疑問を感じたらしいお父様は気まずそうな顔をしてシンシアから目を逸らした。それから私にいつものごとく冷たい目線を向けた。

「キース殿下にご挨拶《あいさつ》も出来ないのか。いつもシンシアがキース殿下をもてなしていると報告を受けてるぞ」

「えぇ！　えぇ！　旦那《だんな》様！　そうなんですの！　マーガレットったらキース殿下にご挨拶一つしないで、本当に可愛《かわい》げのない子なんです！」

「キース様も私と婚約《こんやく》した方が絶対に幸せになれるのに、婚約者がお姉様で可哀想《かわいそう》！」

　いつものように義母とシンシアが私を嘲笑《あざわら》って睨《にら》み付けた。そしてお父様が眉《まゆ》を寄せながら締《し》めくくった。

「マーガレットの母親の良《い》いところはオルタナ帝国《ていこく》の伯爵《はくしゃく》家の血だけだったからな。だからマーガレットがキース殿下の婚約者に選ばれた。血だけの存在だ」

いつものように私は一言も発しなかったので、いつもならこのままシンシアのおねだりタイムになって、私はひたすら貝のように何も話さず黙々《もくもく》とディナーを食べるのみ。なのだけど、昨日初めてお友達が出来た（多分）私は、いつもとは違《ちが》っていた。

「私には、キース殿下にご挨拶することは出来ません」

このお屋敷《やしき》の中で私が言葉を発することはほとんどないので、突然《とつぜん》の私の言葉に食堂が静《せい》寂《じゃく》に包まれた。

「なぜか、キース殿下がいらっしゃっても、誰も私に伝えてはくださらないので」

ガシャン！

メイドがスプーンを落として、お父様の後ろに控《ひか》えていた執事は硬直《こうちょく》していた。

「いっ！　言いがかりよ！　まったく！」

義母が、さっきのシンシアと同じくらいの大声で叫《さけ》んだ。もしかしてお父様はさすがにそこまでは知らないのかしら？

「私、いつか問題になるのではないかと心配していますの。学園にも王妃教育にも問題なく毎日通えているのに、キース殿下が公爵《こうしゃく》家にいらっしゃった時だけ毎回体調不良になるなんて明らかに不自然ですもの」

「黙《だま》りなさいっ！」

「それに、学園や王宮で、もし何かの機会に背中を見られたらと思うと、不安です。だって、私の背中には、人に見られると困るような理由の傷痕《きずあと》がありますから」

私の言葉にさっきまで怒《いか》り心頭だった義母は一瞬《いっしゅん》で真っ青になった。外からは見えない場所を叩《たた》くことで安心していて、私の背中に傷痕が残っているかもしれないことに初めて思いあたったのだろう。

いや、本当は痕なんて残ってないけど。物差しで叩かれた後ですぐに妖精《ようせい》さん達に治してもらってるから。でも妖精さん達がいなかったら、何年にも亘《わた》って毎回毎回赤く腫《は》れ上がるまで叩かれ続けた私の背中には確実に傷痕が残っていただろうから、これは決して嘘《うそ》ではないわ……多分。

「……他《ほか》に言いたいことはあるか？」

お父様が私に何か聞くなんて初めてね。今まで言われたのは命令だけだったから。

「ございません」

「もう部屋に戻《もど》りなさい」

「失礼致《いた》します」

私はそのまま部屋に戻った。

（クッキーとってきたよー）

（ショコラタルトもあるよー）

（今度料理長にミントを使ったオリジナルスイーツを作らせてやろう）

くっきー、しょこら、みんと！　ありがとう！

苦いソースのかかった前菜をまだ一口食べただけだったから、お腹《なか》が空いていた私は、妖精さん達が厨房《ちゅうぼう》から持ってきてくれたお菓子《かし》をありがたく頬張《ほおば》った。

ねぇ、食堂はどんな空気だった？

（マーガレットのパパが怒《おこ》ってたよー）

（物差しおばさんやメイド長たちが怒られてたー）

（全員の急所を壊滅《かいめつ》させてやろう）

やっぱりお父様は、さすがにキース殿下と会うのを阻止《そし》していたことや、傷痕が残るような虐待《ぎゃくたい》をしていたことまでは知らなかったのね。……告げ口したのを逆恨《さかうら》みされて明日から、もっと激しくなったらどうしようかしら……。

だけど、私の心配とは裏腹に次の日から嫌《いや》がらせがおさまった。朝食の席でお義母《かあ》様は私を睨み付けていたけど、後で呼び出されることはなかった。メイド長に髪《かみ》を結《ゆ》われても痛くなかった。そして、料理が苦くなかった。

だけど、その日は一日なんだか体の調子が悪くって、王宮から戻った後で私は厨房に行った。今まで嫌がらせをしてきた（どうやら反撃《はんげき》を開始したと思われているらしい）私が初めて厨房に来たものだから、シェフ達が仕込み中のじゃがいもを手から落としたり料理長は蒼白《そうはく》になったりと、厨房が騒然《そうぜん》としてしまった。

「驚《おどろ》かせてしまってごめんなさい。一つだけお願いがあって。……今までの苦い草、これからも、私の料理に入れてほしいの」

騒然としていた厨房が今度は静寂に包まれた。

「「今まで、大変申し訳ありませんでした！！」」

一同総出で土下座されそうになったのを慌《あわ》てて止めて、なんとかこれからも私だけ苦い草が提供されることになった。とてつもなく苦いけど、すっごく体にいいのよね。草。

今日は王妃《おうひ》教育がお休みなので、私は放課後、図書館に来ていた。実は私は『妖精の愛《いと》し子』についてお母さまの言葉でしか知らなかった。今までお母さま以外の人から『妖精の愛し子』というワードが出たことはなかったから。ソルト王国では、王妃教育でも学園の授業でも、出てくるのは『聖女』の伝説だけだった。『聖女』の存在はソルト王国が豊かである象徴《しょうちょう》のようね。でも、『聖女』だからといって生き方をソルト王国に決められることはない。もちろん『聖女』だからといって必ず王族に嫁《とつ》ぐ必要もない。ただ、三つだけ『聖女』には制約が課せられる。一つ目は、一生涯《いっしょうがい》ソルト王国で過ごすこと。他の国に移り住むことは出来ない。二つ目は、ソルト王国から派遣《はけん》された護衛に守られること。三つ目は、月に一度国民のために祈《いの》ること。

ソルト王国での歴代の聖女達は、ソルト王国すべての国民から愛され、国中から守られる存在であったようね。

もしかしたらと思ってお母さまの出身であるオルタナ帝国の歴史書を読んでいたら『妖精の愛し子』という言葉が記載《きさい》されていた。『妖精の愛し子が現れると国が豊かになる』という伝説だ。起こした奇跡《きせき》等に関する詳細《しょうさい》な記載はないわね。ソルト王国の『聖女の儀式《ぎしき》』のような発見のための儀式とかも無いようだし。……ソルト王国の『聖女』と、オルタナ帝国の『妖精の愛し子』は、一体何が違《ちが》うのかしら？

私がオルタナ帝国の歴史書を読んでいると、先ほどまで読んでいて開きっぱなしになっていたソルト王国の歴史書の挿《さ》し絵に描《えが》かれていた『聖なる水晶《すいしょう》』に妖精さん達が反応した。

（この玉しってるー）

（サーシャの時に光らせたー）

（ただの玉を七色に染めてやったな）

えっ？　えっ？　サーシャって、確か百年前の聖女様よね？

くっきー、しょこら、みんなと。サーシャ様って……。

（マーガレットの前の私たちの友だちー）

（僕たちは愛し子が生まれた国にいくのー）

（サーシャが死んだ時は国中に黒い雨を降らせてやったな）

それって、オルタナ帝国《ていこく》の『妖精の愛し子』と、この国の『聖女』は同じ存在で、すべての奇跡は妖精さん達の魔《ま》法《ほう》ということ？

（マーガレットの時も玉を光らせてあげるねー）

（他の色もできるよー何色がいいー？）

（いっそ玉を巨大《きょだい》化してやろうか）

「聖なる水晶」って、ただの玉なのね。妖精さん達の力で光らせてるだけだったなんて……。国宝の水晶がただの玉だなんて歴史が揺《ゆ》らぐんじゃないかしら。衝撃《しょうげき》の事実を知ってしまったわ。

（マーガレットーめがねー）

（めがねがマーガレットを見てるー）

（あの眼鏡も巨大化してやろうか）

混乱して頭を抱《かか》えていた私は、妖精《ようせい》さん達の言葉に顔をあげた。そこには、机の前で気まずそうに立っているルイス様がいた。

「ルイス様？　いかがされましたか？」

「マーガレット様。少しお話をさせていただいてよろしいでしょうか？」

「ええ。もちろんですわ」

「マーガレット様に苦言を呈《てい》していた令嬢《れいじょう》達についに反論されたと噂《うわさ》になっていました」

「……お名前をお呼びしただけですわ」

「貴女《あなた》は僕の言葉など気にも留めないと思っていました」

「あの時の態度はともかくとして、ルイス様の言っていた言葉の内容、だけ、は心に染《し》みましたので」

「……今、『だけ』を強調しましたね」

「……今まで私は、自分が黙《だま》っているのが一番良いのだと思っていました。私が何かを言ったり願ったりすると、その、叶《かな》う可能性が……非常に……高いので……。だから、嵐《あらし》が去るのを、私が耐《た》えて待っていればそれが一番良いのだ、と。けれど、ルイス様に不敬を通り越《こ》して清々《すがすが》しいくらいに失礼な物言いで指摘《してき》を受けて、自分を振《ふ》り返りました」

「……やはりこの間のことすごく怒ってますね？」

「黙っているだけではきっと何も解決しないのだと気づきました。だから、自分に言えることは伝えてみようと思ったのです。そのことに気づかせてくださいましたこと、だけ、は感謝しています」

「また、『だけ』を強調しましたね」

　ルイス様と私は目を合わせてほんの少しだけ笑った。

「……僕は祖母から聖女さまの話を聞いたことがあります」

　私の読んでいたソルト王国の歴史書に視線を落とした後で、ルイス様はぽつりと言った。

「祖母自身はさすがに聖女さまにお会いしたことはなかったようで母親から聞いた話とのことでしたが。……聖女さまは時々、上の空で、惚《ほう》けているような時があった、と」

……それって絶対当時の聖女様が、妖精さん達と脳内で会話してたからよね？

「それを聞いた僕は……」

「ルイス様？」

「祖母に激怒《げきど》しました」

「えぇっ？」

「僕は聖女さまに憧《あこが》れていたのです。きっと完璧《かんぺき》で、美しく、素晴《すば》らしい女神《めがみ》のような方だと想像していたのです。それなのに惚けていたなどと、『聖女さまはそのようなだらしなくて阿《あ》呆《ほう》みたいな女性ではない！』と祖母に激怒しました」

「……それ遠回しに私のことを阿呆みたいって言ってますわよね？」

「いえ、聖女さまの話です」

ルイス様は、眼鏡をくいっと整えた後で話を元に戻《もど》した。

「実は、祖母はその後すぐに亡《な》くなりまして、僕はとても後悔《こうかい》していたのです」

お母さまがお亡くなりになった時のことを思い出して私の胸も痛んだ。

「マーガレット様がキース殿下《でんか》とお話しされている時に上の空になる様子を見ると、祖母に激怒したことを思い出してしまい……。先日言い過ぎてしまったことは、ただの八つ当たりもあったのだと分かっています。本当に申し訳ありませんでした」

そう言ってルイス様は私に頭を下げた。

「ルイス様、お顔をあげてください」

ルイス様はゆっくりと顔をあげた。

「お互《たが》い成長出来たということで水に流します。私は自分を振り返ることが出来た、ルイス様はご自分の性格の悪さに気づくことが出来た、ということで」

「…マーガレット様は意外と良い性格をされていますね」

そう言ってルイス様は笑った。

あらっ？　いつもの真面目《まじめ》そうな顔が笑うと子どもっぽくなって意外とかわいいわ。いえ、そんなことはどうでも良いのだけれど……。ひとしきり笑った後でルイス様は真面目な顔に戻った。

「失礼を承知で一つ言わせて頂いてもよろしいでしょうか？」

「失礼なのは今さらなので、どうぞ」

「失礼ながら、マーガレット様はもっと殿下とお話をされた方が良いかと思います」


「マーガレット。シンシアにもっと優《やさ》しく出来ないかい？」

学園でキース殿下にそんなふうに声をかけられた時、私は意味が分からなくて、頭が真っ白になった。

「シンシアに優しく……ですか？」

「せめて物を取り上げたり、挨拶《あいさつ》を無視することは止《や》めてあげてほしい」

真顔で言うキース殿下に目眩《めまい》がした。この方、本気で言っているのだわ。

「シンシアはとても傷ついているんだ」

妖精さんが守ってくれているお母さまの形見のブローチ以外すべて奪《うば》われて、毎日毎日嘲笑《あざわら》われている私に、キース殿下は本気でシンシアに優しくしろと言っているんだわ。

（王子様だいっきらいー）

（マーガレットのこと何も分かってないー）

（満を持して王宮を爆破《ばくは》してやろう）

妖精さん達の言葉を聞きながら、私は先日図書館でルイス様に言われた言葉を思い出していた。

『殿下はとても真面目で優しい方なのです。……だからどんな言葉にも耳を傾《かたむ》けます。その言葉をどう判断するかは殿下次《し》第《だい》ですが、殿下が判断するために、もっとマーガレット様のことを知る必要があると思うのです。……僕は、殿下がマーガレット様ともっとお話をすれば、殿下の判断も変わるのではないかと思っています』

あれは、きっとこのことだったのね。殿下は私ではなくシンシアの言葉を信じている、と。

でもさすがにそれは言えなかったからあんな曖昧《あいまい》な言葉になったのだわ。

「キース殿下。……少し私とお話をして頂けませんか？」

このままではいけないと、私は勇気を出してキース殿下に言った。

「すまないが、これから生徒会での打ち合わせがあるんだ。今度、公爵《こうしゃく》家に訪問した時には、部屋から出てきてほしいな」

キース殿下は顔だけはすまなそうにしていたけど、そのまま将来の側近候補の皆様《みなさま》を引き連れて一度も私を振り返ることなく去っていった。

ルイス様だけが、心配そうに何度か私を振り返っているのが見えた。

あぁ、きっとカナン様達から囲まれている私を見た時も、キース殿下からしたら、普段《ふだん》シンシアを虐《いじ》めている私が痛い目をみることくらい当然だ、とまでは言わなくても、助ける必要はないと判断されたのね。それにしても『公爵家に訪問した時には、部屋から出てきてほしいな』なんてよく言ったものね。この前キース殿下がいらした時には、ちゃんと私にも執事《しつじ》から声がかかったけれど、キース殿下はずっとシンシアとお話しされていて、私と二人で話す気なんてなかったじゃない。

何にも分かってないわ。あのクソ王子。

思わず私が公爵令嬢《れいじょう》としても、ましてや将来の王妃《おうひ》としても相応《ふさわ》しくない最低なことを考えた時、妖精《ようせい》さん達が大喜びした。

（マーガレットやっとその気になったー）
（どうやって王子をやっちゃうー？）
（まずは公衆の面前で全裸《ぜんら》にしてやろう）
（あとねーあとねー死なない毒を仕込むー）
（全裸の状態で死なないギリギリで苦しませるー）
（いっそ殺してーと言わせてやろう）

みんとだけじゃなくて、くっきーやしょこらまで不穏《ふおん》になってる！

ごめん、嘘《うそ》だから！　さっきの嘘だから無かったことにして！　キース殿下なんてどうでも良《い》いから！　私の人生に関係ないから！　皆《みんな》が手を下すほどの相手じゃないから！

慌《あわ》てて妖精さん達をなだめながらとっさに言った『キース殿下なんてどうでも良い』という言葉が、なんだかストンと私の中に落ちてきた。笑顔《えがお》で嘘を吐《つ》かれたあの日から、本当はきっと私にとってキース殿下はどうでも良い存在になっていたのかも。それが今日、私の言葉を聞きもせず一方的にシンシアを信じたと知って、本当にどうでも良い存在に成り下がったんだわ。

（マーガレットがどうでもいいならいっかー）
（僕もくそ王子なんてどうでもいいやー）
（髪《かみ》が抜《ぬ》けやすくなるおまじないで勘弁《かんべん》してやろう）

私がキース殿下を心底どうでも良いと思い始めた気持ちが伝わったようで、妖精さん達もキース殿下に興味を失った。とりあえず王宮爆破と、将来の国王が公衆の面前で全裸にされた挙げ句、致死《ちし》量には至らない毒を飲まされる、というこの国の絶望的な未来は回避《かいひ》できたようで私はほっと息を吐いた。

……将来の国王の髪がちょっと薄《うす》くなるくらいなら問題ないわよね？　……きっと。

第2章　お母さまからの手紙

キース殿下《でんか》の誤解がとけることはないまま時間が過ぎて、私達は学園での一年目を終えた。

今まで学園には新入生歓迎《かんげい》のイベントはなかったけれど、生徒会長となったキース殿下の提案で今年は新学期前に、新入生歓迎のダンスパーティーが開催《かいさい》されることになった。『シンシアのためにイベントを作ったのかしら？』とふと思ってしまったのは、キース殿下がシンシアにもドレスを贈《おく》ってきたからなのよね。婚約《こんやく》者である私には、シンプルな形の青いドレスを。

シンシアには、入学祝いという名目で、フリルたっぷりのピンク色のドレスを。

「シンシア！　とっても可愛《かわい》いわ！　マーガレットとは大違《おおちが》い！」

「お母様！　当たり前よ！　お姉様なんかと比べないでちょうだい！」

パーティーの当日、キース殿下から贈られたドレスを着たシンシアは大はしゃぎをしながら、義母と二人で私の悪口を言い続けていた。学園に向かう馬車の中でもずっと自分のドレスの可愛らしさと、私のドレスの批判を続けていた。

「お姉様のドレス、とっても地味だわ」

私のドレスだってキース殿下から贈られたものなんだから、そのドレスを批判することは、キース殿下のセンスを否定するようなものなんだけど……。きっとシンシアはそんなこと気付いてないわよね。


（マーガレットすっごくきれいー）

（パーティーたのしみだねー）

（学園中の壁《かべ》という壁をミント色に塗《ぬ》り替《か》えてやろうか）


シンシアの嫌《いや》みを聞き流しながら妖精さん達とお話をしていると学園に到着《とうちゃく》した。

「キース様もやっぱりお姉様なんかより私をエスコートしたいんだわ」

シンシアは勝ち誇《ほこ》った顔で私に言い捨てて、キース殿下の許《もと》に向かっていった。

今回のダンスパーティーでは、事前にエスコートの組み合わせが生徒会から指定されていた。それは一年生の男性と二年生の女性がペアとなり、二年生の男性と一年生の女性がペアになる組み合わせだった。『同学年の婚約者と一緒《いっしょ》に入場したい』という意見ももちろん出たようだけど、『せっかくの新入生歓迎会なんだから一、二年生の交流を大切にすべきじゃないかな？』というキース殿下の一言でこの形に決まったということだ。

キース殿下はタキシードの胸ポケットにシンシアのドレスとお揃《そろ》いのピンク色のハンカチを

挿《さ》して、笑顔でシンシアをエスコートしてご入場された。シンシアはキース殿下の隣《となり》で満面の笑みを浮《う》かべていた。

「マーガレット。ファーストダンスを踊《おど》ってくれるかい？」

「キース殿下。もちろんです」

パーティーが始まるとキース殿下は私をファーストダンスに誘《さそ》った。ファーストダンスを婚約者と踊ることはソルト王国での常識だから当たり前のことだ。だけど、シンシアはキース殿下から見えない位置で悔《くや》しそうに私を睨《にら》みつけていた。それでも、やっぱりキース殿下の胸ポケットには、シンシアのドレスの色とお揃いのピンク色のハンカチが挿さったままなのよね。

「じゃあ。マーガレットも今日は楽しんでほしい」

型通りのファーストダンスを一回踊り終わるとすぐに、キース殿下はいつものあの笑顔でそう言い残して私の側《そば》から去っていった。

「マーガレット様。ジンジャーエールはいかがですか？」

一人になった私の許に、ソフィア様が笑顔で飲み物を持ってきてくださった。

「ソフィア様。ありがとうございます」

「マーガレット様のダンスとても素敵《すてき》でした。本当に物語の王子様とお姫《ひめ》様のようでしたよ」

「そんなこと」

　ないですわ、と続けたかった私の言葉はカナン様に遮《さえぎ》られた。

「マーガレット様！　なぜ婚約者でもない貴女《あなた》の妹がずっとキース殿下に張り付いているのですか！」

「カナン様。それは直接本人に言ってくださいませ」

　何もこんな日まで絡《から》みに来なくても……と思いつつ答えた後で、カナン様がお一人でいらっしゃったことに気付いた。

「今日は、いつもの皆様《みなさま》と一緒ではありませんの？」

「彼女達には『自分で責任のとれない行動はとるべきではありませんわ』とお伝えしたのですわ！」

　さすがカナン様だわ。一人でもまったくぶれないその姿勢に私は少し感心してしまった。

「カナン様もジンジャーエールを召《め》し上がりますか？」

　その場を和《なご》ませるように笑顔で言ったソフィア様はまるで天使のようだった。

「私は炭酸は苦手なので、自分でとってまいりますわ！」

　そう言ってカナン様は去っていった。

「なんだか嵐《あらし》のようですね」

ソフィア様の一言で私達は目を合わせて微笑《ほほえ》みあった。ふと、ソフィア様の目線が、私の胸《むな》元《もと》のブローチに移った。

「それは……」

キース殿下とのファーストダンスの後で私はこっそりとお母さまの形見のブローチをつけていた。イベントの時にはどうしてもお母さまのブローチを着けたくなってしまうのよね。

「このような場には相応《ふさわ》しくないのかもしれないのですが……。私にとってとても大切なものなのでつい……」

私が話している最中もソフィア様はブローチをじっと見つめていた。

「どうかされましたか？」

「いえ……。そのブローチ……」

ソフィア様が続きを言いかけた時、

「ソフィア様！　この方が貴女と踊りたいようですわ！」

カナン様の声が聞こえて私とソフィア様は振《ふ》り返った。カナン様の後ろには真っ赤な顔をした一年生が立っていた。

「……私、ですか？」

「あっあの、お願いします」

顔を真っ赤にしたまま手を差し出されて、ソフィア様は戸《と》惑《まど》っていた。

「ソフィア様。踊ってきてくださいませ」

私の言葉で、ソフィア様は差し出された手をとった。ソフィア様のお顔もほんのり赤くなっていてとても可愛らしいわ。そして、カナン様もダンスに誘われたとのことで、

「行ってまいりますわ！」

と言って、また嵐のように去っていった。

（あっちにスイーツがあるよー）

（いろんな食べものもあるよー）

（王子のジンジャーエールは炭酸を抜《ぬ》いてやろうか）

一人になった私は、今度は妖精《ようせい》さん達に連れられて軽食が用意されているビュッフェコーナーに向かった。

（なんかめがねがかこまれてるー）

（まさかの人気めがねー）

（眼鏡を炭酸漬《づ》けにしてやろうか）

妖精さん達の言葉に横を向くと、ルイス様が女性の皆様に囲まれているのが見えた。そういえばクラスの皆様がルイス様のことをお話しされているのを聞いたことがあるわ。

『試験ではいつも一位で、将来の宰相《さいしょう》候補、顔だちも整っていて婚約《こんやく》者もいらっしゃらない優良物件』

それにしてもあれだけ女性に囲まれていても、顔色一つ変えずにひたすら相槌《あいづち》打っているのがすごいわ。さすがルイス様。私が妙《みょう》なところで感心してルイス様を見ていたら、目が合ってしまったので、とりあえず会釈《えしゃく》だけしてそのまま軽食コーナーに向かった。

（わ〜い！　たくさんあるよー）

（マーガレットなに食べるー？）

（シンシアのジンジャーエールは炭酸十倍にしておいた）

みんと。あんまりいたずらしちゃだめよ。

私はマカロンを摘《つ》まみながら妖精さん達とお話をしていた。しばらくするとルイス様が私の前にやって来た。

「ルイス様。女性達に囲まれていたのでは？」

先ほどの光景を思い出して私は思わず聞いてしまった。

「……シンシア様が、なぜか飲み物を口にした瞬間《しゅんかん》噴《ふ》き出したのです。そしてシンシア様が吐《は》き出した飲み物がキース殿下《でんか》のタキシードにかかってしまったようでして……。皆《みな》さんがそちらに気をとられている間に抜けてきました」

（わ～い！　大成功ー）

（炭酸十ばいだよー）

（次は二十倍にしてやろうか）

ルイス様から聞いたシンシアの失態と、いたずらが成功してはしゃぐ妖精さん達を見て私は頭を抱《かか》えた。公爵《こうしゃく》家の令嬢《れいじょう》が……いや、普通《ふつう》の令嬢だとしても……もはや令嬢ですらなかったとしたって……王子にジンジャーエールを吹《ふ》きかけるだなんて……。

「マーガレット様はもう踊らないのですか？」

「ダンスはあまり得意ではないので……」

学園や王妃《おうひ》教育でダンスの基礎《きそ》はもちろん学んだけれど、型通りに踊ることに必死になってしまって、ダンスを楽しむという概念《がいねん》はないのよね。

「もし良ければ僕と踊《おど》っていただけませんか？」

ルイス様はさらっと真面目《まじめ》な顔をして言った。

（めがねの眼鏡だけ踊らせてやろうか）

（マーガレットもてもてー）

（めがねってばやるー）

そんな妖精さん達の囃《はや》し立ても聞き流してしまうくらい私は動揺《どうよう》してしまった。ファーストダンスさえ婚約者と踊れば、その後は、誰《だれ》と踊るのも自由だけれど……。

「先ほどの女性達は良いのですか？」

「彼女達が見ているのは僕ではなく、僕の父ですから」

「家柄《いえがら》ということですか？　そんなことは……。ルイス様は成績も良いですし、それに……」

「頭は良かったのです。昔から」

「自慢《じまん》ですか？」

「正解の決まっている問題を暗記することは得意なのです。ただ、それだけです」

意外な答えに戸惑った私に構わず、ルイス様はいつもの様子で言葉を続けた。

「それにマーガレット様となら気を遣《つか》わずに踊れそうなので」

「それは私がダンスの時も惚《ほう》けているからということでしょうか？」

「相変わらず根に持ってますね」

ルイス様は微笑んだ後で、ひざまずいて右手を差し出した。……こんな誘《さそ》われ方キース殿下にだってされたことないわ。私は自分の顔がとっても熱くなっているのを感じた。

「……本当にダンスは得意ではないですよ」

そう言いながらも私はルイス様の手をとった。ルイス様の手はほんの少しだけ冷たかった。

「誰も僕達に注目なんてしていませんから。型通りでなく自由に踊っていいんですよ。転びそうになったら僕がフォローします」

ルイス様のその言葉が私をリラックスさせてくれたからかしら。ルイス様とのダンスで、私は生まれて初めてダンスを楽しいと感じた。

（マーガレットたのしそうー）

（僕たちもおどるー）

（得意のパタパタダンスを見せてやろうか）

私がダンスを楽しいと思っているのが伝わったのか、妖精さん達もルイス様と私の周りで羽をパタパタさせて一緒《いっしょ》に踊りだした。ルイス様がいて、その周りでくっきー、しょこら、みんとが楽しそうに笑っていて。なんだか、まるで世界中に五人だけになったような。なんだか、まるで五人で踊っているようで。とっても楽しいわ！

ルイス様とのダンスを終えた私に、ソフィア様が今度はオレンジジュースを持ってきてくださった。

「とっても素敵《すてき》でした！　踊っているマーガレット様とルイス様の周りがなんだかキラキラと輝《かがや》いていて、『聖女ですわ！』とカナン様が大声で言ったんです。私にも、まるでマーガレット様が聖女様のように見えました」

嬉《うれ》しそうに言うソフィア様の言葉に驚《おどろ》いた私は慌《あわ》てて周りを見回した。皆様《みなさま》がソフィア様と同じように輝く瞳《ひとみ》で私の方を見ているわ。

「先ほどのあの輝きは聖女の輝きなのでは？」

「公爵令嬢《こうしゃくれいじょう》のカナン様もそう言ってらしたもの」

「思わずうっとりしてしまうような輝きだったわね」

そんな皆様の声を聞きながら私は妖精さん達を見た。

くっきー、しょこら、みんと！　もしかして何かしたわね？

（楽しくてついマーガレットとめがねの周りをちょっとだけー）

（パタパタダンスで光らせただけー）

（いつもより輝きを二倍でな）

「マーガレット様！　ダンスはまだまだ未熟ですわ！　そのようなダンスではキース殿下の婚約者に相応《ふさわ》しくないですわ！」

その時、カナン様が大声でやっていらして、二年生はいつもの光景に『またか』という目線に変わり、一年生は初めての光景に騒然《そうぜん》となり、私の輝きに関する騒《さわ》ぎは収束した。……私は初めてほんの少しカナン様に感謝した。

「そういえばキース殿下とシンシアはどうしたのかしら？」

カナン様の言葉でキース殿下のことを思い出した私の疑問には、ソフィア様が答えてくださった。

「キース殿下がお召《め》し物を着替《きが》えるためと、シンシア様を休憩《きゅうけい》させるために別室にいるようですよ」

「第一王子に向かってジンジャーエールを吐き出すなどありえないのですわ！　あのような品のない妹がいるなんて次期王妃に相応しくないですわ！」

カナン様の苦言を聞きながら、改めてシンシアの失態を思い出した私は、また頭を抱えた。

　ダンスパーティーのすぐ後に、私達の学園生活は二年目になり、学園にシンシアが入学して来た。シンシアが寮《りょう》には入らず公爵家から通いたいと言い出した時は、お父様と義母はとても喜んでいたけれど、使用人達は明らかにがっかりしていた。……シンシア、きっと使用人達にも何かしてるのね。

「キース様ぁ」

　学園に入学して一ヶ月もしないうちから、シンシアがキース殿下や将来の側近候補の皆様と一緒にいる光景を、よく見かけるようになった。

(マーガレットー今日は図書館いくのー?)

(王妃教育の日ー?　めがねの日ー?)

(そうだ、めがねの眼鏡を新調してやろうか)

　妖精《ようせい》さん達は、もはやキース殿下とシンシアがいるのを見ても何も言わなくなった。キース殿下、妖精さん達に存在を無視されてるって将来の国王としてかなり致命的《ちめいてき》なんじゃないかしら。

「マーガレット様！　貴女《あなた》の妹がまたキース殿下《でんか》達とランチをされていましてよ。あのように品の無さすぎる妹がいるだなんて、次期王妃《おうひ》に相応しくないのですわ」

　カナン様はダンスパーティーの後も、いつも私の許《もと》に単身で乗り込んでいらっしゃる。

「カナン様、以前もお伝えしましたが、直接、妹本人に言ってくださいませ」

「言いましたわ！　さきほど直接シンシア様に、『婚約者《こんやく》のいる男性に妄《みだ》りに近づくものではございません！』と私はお伝えしたのです」

　さすがカナン様。そのブレない姿勢に私はまた少し感心してしまった。

「そうしたら、シンシア様は、貴女の妹は、泣き出したのです」

「……えっ？」

公爵《こうしゃく》家の娘《むすめ》が、いえ、公爵家でなかったとしても、貴族の人間が、人前で泣くだなんて……。

「そこにキース殿下が駆《か》けつけられて……。私はもちろんキース殿下にも、『婚約者がいるのに他《ほか》の女性と近づきすぎるべきではございません！』とお伝えしたのですが、全く聞く耳を持っていないのですわ！　言いたくもありませんが、私はこんな屈辱《くつじょく》は初めてでしたわ！」

「なんというかそれは……。申し訳ありませんでした」

「……やはり貴女に謝られてもスッキリしませんわ」

「それは、そうでしょうね」

「……貴女も苦労なさいますわね」

初めて少しだけ分かりあえた私とカナン様は、二人でため息をついた。


「マーガレット様のお弁当、変わった色をしていますね」

緑色のソースまみれの私のお弁当を見てソフィア様は目を丸くした。しまった。料理長にお弁当には苦い草を使わないように伝えるのを忘れていたわ。

初めての人間のお友達のソフィア様とはとても仲良くやっていて、今日はついにお互《たが》いにお弁当を用意して中庭でランチをしている。初めてのお友達との外ランチに浮《う》かれていた私は、料理長にお弁当を作ってほしいとお願いする時にうっかり草のことを言い忘れてしまい、私のお弁当にはいつものように満遍《まんべん》なく苦い草ソースがかけられていた。

「見た目はあれだし、味もあれなんだけど、体に良《い》いの。とっても」

慌てて取り繕《つくろ》う私にソフィア様はクスクスと微笑《ほほえ》まれた。お友達と楽しく話をしながらご飯が食べられるなんて、とても平和で幸せなランチタイムだわ。

キース殿下の婚約者に選ばれた時からずっと、私はほとんど毎日王妃教育に通っている。学園に通い始めてからは放課後だけだけど、王妃教育の日はソルト王国で用意してくださった馬車が学園まで迎《むか》えにきてくれて、私は王宮で教育係の皆様から色々なことを教えていただいている。ソルト王国の歴史や、一般《いっぱん》教養、ダンスや、他国の言語等々。毎日たくさんの課題に囲まれて大変だと思うこともちろんあるけれど、学べる機会を与《あた》えていただけることが、とても恵《めぐ》まれていることだと私は知っているから乗り越《こ》えられる。それに、学ぶことでたくさんの知識を得ることが出来て、学んだ分だけ自分の力が増えていくようで、とても充実感《じゅうじつかん》があるのよね。王妃様や、キース殿下の弟のレオナルド様が、たまにだけど様子を見に来てくださって優《やさ》しい言葉をかけてくださることも嬉しいわ。

そして王妃教育は、二週間に一度だけお休みの日があるので、その日は学園の図書館に行くことにしている。そして、図書館に行くと必ずルイス様がいらっしゃるのよね。

(めがねだーめがねだー)

(今日はめがねの日ー)

(早速《さっそく》眼鏡をずらしてやろう)

妖精さん達はいつの間にかルイス様で遊ぶことを覚えたようで、私が図書館に行く日はとても嬉《うれ》しそうなのよね。

「王妃教育がお休みの日くらいキース殿下と過ごされたらいかがですか？」

「それは、嫌《いや》みと受け取ります」

「違《ちが》います」

(((えいっ)))

妖精さん達はルイス様の眼鏡をずらした。

「……最近マーガレット様といるとよく眼鏡がずれます」

ルイス様は不思議そうにしながらも、眼鏡をくいっと元の位置に直した。

(でたーどや顔ー)

(あはははーどやどやー)

(次は眼鏡を曇《くも》らせてやろう)

どうやらルイス様は、眼鏡をくいっとする時に無意識にどや顔なるものをしているらしくて、妖精さん達はそれを見るのがとても楽しいらしい。同じくらいに妖精さん達がハマっているのが、ルイス様の眼鏡を曇らせることだ。ルイス様は曇った眼鏡を拭《ふ》き始めるとついつい夢中になって必死で磨《みが》いてしまい、ふと我にかえって恥《は》ずかしそうに、

「失礼しました。眼鏡は僕の分身なので」

と言うのが、非常に楽しいらしい。

(眼鏡が分身って何回きいてもおもしろいー)

(めがねってば眼鏡のこと好きすぎー)

(次はまた眼鏡をずらしてやろう)

妖精さん達につられてついつい笑ってしまった私にルイス様が言った。

「僕が以前祖母から聞いた聖女さまの話をしたことは、覚えておられますか？」

「はい。決して私のような阿《あ》呆《ほう》ではなかった、というお話でしたわよね？」

「もう一年近くは経《た》つかと思いますが、いまだに根にもってますね」

「いいえ。まったく」

「聖女さまが『上の空になることがあった』ということは歴史書には載《の》っていませんし、国民

のほとんどは知りませんが、国王陛下や僕の父はもちろん知っています」

ルイス様は、妖精《ようせい》さん達にずらされた眼鏡をくいっとあげた後で話を続けた。

「僕は、この国の中枢《ちゅうすう》の人間の中にはマーガレット様が聖女であると考えている方が一定数いるのではないかと思います」

「それは私が、上の空になることがあると一定数の重鎮《じゅうちん》の皆様《みなさま》に思われている、ということですね」

「……やはり根に持っていますね？」

「いいえ。まったく。ちっとも」

「なんですか。それは」

私の言葉にルイス様は優しく笑った。その優しい笑顔《えがお》をもう少し見ていたいと思ってしまったのは、なぜかしら？

お母さまが亡《な》くなってから私のお誕生日を祝ってくれる人間は、ただの一人もいなかった。キース殿下の婚約者になってからは、毎年キース殿下から花束が贈《おく》られてきたけれど、それはシンシアの部屋に飾《かざ》られた。それに、その花束には全く心がこもっていなかったことも、今なら分かる。十六歳のお誕生日もまったく同じだった。たまたま学園も王妃《おうひ》教育もお休みの日だったけれど、公爵《こうしゃく》家の日常は普段《ふだん》と何も変わらなかった。

（マーガレットおめでとー）
（十六歳だねー）
（王子からの花束は虫が湧《わ》くようにしておいた）

私の誕生日を祝ってくれるのはいつも妖精さん達だけだわ。
くっきー、しょこら、みんと。毎年ありがとう。
皆《みんな》がいてくれるだけで、とっても幸せよ。

私の言葉に妖精さん達は嬉しそうにパタパタ飛び回った。

（あのねー今年は特別なのー）
（マーガレットのママからの手紙があるのー）
（あの日の記憶《きおく》を見せてやろう）

みんとが言った瞬間《しゅんかん》、私の目の前にお母さまの姿が現れた。

「うそっ」

それは、私の知っている最後の、お亡くなりになる前のお母さまだった。思わずお母さまに触《ふ》れようとした私の手は、むなしく宙をきった。映像のお母さまは、キョロキョロと周りを見回した後で話し始めた。

『妖精さん？　きっといらっしゃるのよね？　いつもマーガレットを守ってくださって本当にありがとうございます。あなた達を見ることも出来ない私ですが、お願いがございます。どうか、この手紙を預かって、そして時がきたら渡《わた》してはいただけないでしょうか？』

お母さまがそう言って頭を下げた時、くっきーが手紙を受け取った。妖精さん達が見えていないお母さまには手紙が突然《とつぜん》消えたように見えたのだろう。とても驚《おどろ》いた顔をした。

『……ありがとうございます。どうか、これからもマーガレットがいつも笑顔でいられるように、どうか、マーガレットの側《そば》にいてあげてくださいませ』

お母さまは、そう言って私の大好きだった優しい顔で微笑《ほほえ》んだ。映像はそこで終わってお母さまは消えてしまった。

（はいっお手紙だよー）
（今日までずっと僕たちが持ってたのー）
（読んでる間は外で遊んでこよう）

妖精さん達は、私にお母さまからのお手紙を渡して、そのまま部屋から出ていった。妖精さん達の優《やさ》しさに感謝して、私は突然のお母さまからのお手紙を、困惑《こんわく》しながらも期待を込めて読み始めた。だけど、目の前に飛び込んできたその内容はあまりに衝撃《しょうげき》的だった。

『あなたはダニエル・シルバー公爵の本当の娘《むすめ》ではありません』

マーガレットへ

十六歳のお誕生日おめでとう。

きっと直接伝えることは私にはもう叶《かな》わないので、十六歳になったマーガレットが幸せであることを祈《いの》りながら、手紙を書くことにしました。

書き終わったこの手紙は、マーガレットの言っていた妖精さん達に託《たく》すつもりでいます。聖女の儀式《ぎしき》に参加する十六歳のその年の誕生日に、どうかマーガレットに届けてくださいますように、と。

私には、マーガレットにどうしても伝えなくてはいけないことがあります。

あなたはダニエル・シルバー公爵の本当の娘ではありません。

私は、オルタナ帝国《ていこく》の伯爵《はくしやく》家に生まれて育ちました。

両親はとてもプライドが高い人達で、生まれた時からずっと私には『いつも完璧《かんぺき》であること』が求められていました。

平凡《へいぼん》でなんの取り柄《え》もない私には、『常に人より優秀《ゆうしゅう》である』という両親にとってはきっと当たり前のことが、とても難しかった。

そんな私をずっと側で支えてくれたのが、専属執事《しつじ》のマーカスでした。マーカスは、いつだって私の側にいて、励《はげ》まして、支えて、時には私の涙《なみだ》を拭いてくれました。

私は、マーカスに恋《こい》をしました。

身分が違《ちが》う私達が本当の意味で結ばれることはありえないことでしたが、それでも私は彼に恋をしたのです。

そして、あなたを授《さず》かりました。

あなたは、あなたの本当のお父さまと私が心から愛し合って生まれた、かけがえのない宝物です。

けれどそのことを知った私の両親の怒《いか》りは凄《すさ》まじく、マーカスは伯爵家を追い出され、私はお屋敷《やしき》に閉じ込められました。

そんな時に、ダニエル・シルバーが援助《えんじょ》を求めて遥々《はるばる》国を越《こ》えて我が家にやってきたのです。

彼の母親がオルタナ帝国に留学をしていた時に、私の母親と同級生だったからその伝手《つて》を頼《たよ》ってきたということでした。彼は、自分の母親の当時の同級生のなかで伯爵家以上の家に手紙で援助を求めたらしいのですが、どの家からも返事は来なかったそうなのです。私の両親も、ただ同じ学年にいただけの、卒業してからも全く交流のない留学生の息子《むすこ》からの他国への援助依《えんじょい》頼《らい》の手紙などは返信もせずに捨てていました。

彼は、不幸にも若くして両親を事故で失い、突然公爵《とつぜんこうしゃく》家を引き継《つ》いだ際に悪い人間に騙《だま》され、お金に困っていましたがソルト王国内には頼れる貴族もいなかったようです。このままでは立ち行かなくなる限界のところで彼は最後の望みをかけて、単身でオルタナ帝国にやってきたのです。手紙を出した貴族の家を一軒《いっけん》ずつ訪ねて、直接援助を依頼《いらい》するつもりだったようです。

私の両親は、彼の身分と困窮《こんきゅう》しているその状態を見て、とても卑怯《ひきょう》な提案をしました。

私のお腹《なか》の中の子どもを、自分の子どもとして育てるのならば援助をすると。

驚くべきことに彼はその提案をのみました。

そこからはすべて私の両親が手配をして、あっという間に私は彼と結婚《けっこん》をしました。

私達が海外旅行をしていないことはお互《たが》いの国では知られているので、すでに私が妊娠《にんしん》までしていることはどう考えても不自然ですが、『私の国では、彼が国外旅行に来ていて出会った』、『彼の国では、私が国外旅行に来ていて出会った』というシナリオが出来ていました。

両親にとって、身分違いの執事と過《あやま》ちを犯《おか》した娘は、もはや必要がなかったのです。

彼らは多額のお金を払《はら》って「ソルト王国の公爵家に、順番は少し違ったけれどきちんと嫁《とつ》いだ娘」として私を捨てました。

あなたを傷つけるであろう真実を伝えるべきか本当に悩《なや》みました。

けれどやはりあなたには伝えておかなければいけないと思いました。

ダニエル・シルバー公爵は、血の繋《つな》がりのないあなたのことを公爵家の子どもとして届出をしています。

これは犯罪なので、彼はこれからも決して誰《だれ》にもそれを明かすことはないでしょう。

けれど、マーガレットが学園を卒業する時や、公爵家から旅立つ時には、もしかしたらあなたには、あなただけには、とても酷《ひど》い言葉でそれを伝えるかもしれません。

だからあなたには知っていてほしかったのです。

マーガレットは、私とマーカスが心から愛した大切な大切な娘であるということを。


私の両親には、あなたが生まれた時に手紙を書きましたが、返事は一切《いっさい》ありませんでした。

きっと十六歳のあなたにも一度も会ったことはないでしょう。

けれど、もしもあなたが、「聖女」だと公表されたなら、連絡《れんらく》をしてくるかもしれません。

その時にあなたはあなたの思うように行動してください。あなたが正しいと思う選択《せんたく》が、私の選択です。


私にはなんの力もなくて、あなたにソルト王国の公爵家の娘として生きていく選択肢《せんたくし》しか遺《のこ》してあげられなくて本当にごめんなさい。

自分がもう長くは生きられないと知った時に、まだ幼いあなたをこの家にたった一人で残していく未来に絶望しました。

だから、あなたがオルタナ帝国で伝説の「妖精《ようせい》の愛《いと》し子」だと知った時には本当に嬉《うれ》しかった。

私があなたにしてあげられたことは、本当に少ないけれど、これから死ぬまで、もし叶うのならば死んでからも、ずっと私はマーガレットの幸せを祈り続けます。

妖精の愛し子だからではなく、私はマーガレットを愛しています。いつか私の他《ほか》にも、妖精の愛し子だからではなくマーガレット自身を見つめて愛してくれる人が現れると信じています。

どうかどうか幸せに生きてください。

母より

私は、お父様の本当の娘ではない？

衝撃的な事実は、それでも私の心にすんなりと落ちた。お父様が私にだけ向ける冷たすぎる視線にも納得《なっとく》がいった。この家には本当にどこにも私の居場所なんてなかったんだわ。だけど私には、いつだって妖精さん達がいてくれた。

だから、きっと今までも、今だって、幸せだって胸を張って言える。

だけど、お母さまは？　最期《さいご》まで私の幸せを祈り続けてくれたお母さまは、幸せだったのかしら？　私のせいで生まれ育った国から追い出されて、たった一人で愛してもいないお父様の妻としてこの国に来て、お母さまご自身の人生は、本当にこれで良かったのかしら？　私さえいなければ、本当のお父さまと引き離《はな》されることもなく幸せだったのではないかしら？　……私のせいでお母さまは不幸になってしまったのではないかしら？　考えれば考えるほど私の胸は潰《つぶ》れそうなほど苦しくなった。

「マーガレット様？　今日はなんだか元気がないようですが……」

次の日、一緒に外ランチをしている時にソフィア様が心配そうに聞いてくださった。

「そんなことないわ。昨日少し寝《ね》つけなくて……」

私は慌《あわ》てて微笑《ほほえ》んだ。そんな私を見て、ソフィア様は「良かった」と安心してくれた。

「実は、今日はマーガレット様にプレゼントがあるんです」

「……プレゼント？？」

「お誕生日、昨日ですよね？　おめでとうございます」

そう言ってソフィア様はお弁当と一緒《いっしょ》に持ってきた箱を開けた。そこには美味《おい》しそうなショートケーキが入っていた。

（クッキーが良かったー）

（ショコラタルトの方が美味しいのにー）

（料理長にミントを使ったスイーツの開発を急がせねば）

「これを、私に？」

「お口に合うか分かりませんけど、シェフ達と一緒に私も手伝って作ったんです」

「ソフィア様が？」

「貴族なのに、はしたないって言われるのでこっそりとなんですけど、私、お菓子《かし》作りが好きなんです。あっ！　毒味はしましたが、心配でしたら先に私が食べます！」

「まさか！　ソフィア様の作ってくださったものを疑ったりなんてしませんわ！　……こんなに心のこもったプレゼントを頂いたのは初めてなので、とても嬉しくて……」

そのケーキはとても美味しくて、一口食べただけで胸がいっぱいになった。

「本当は手作りのケーキなんてどうかなとも思ったんですけど。カナン様が、マーガレット様なら何でも喜ぶと言ってくださったので。正解でしたね」

ソフィア様はそう言って嬉しそうに笑った。

「カナン様が？」

思いがけない名前に私は驚《おどろ》いた。

「はい。申し訳ありませんが私はマーガレット様のお誕生日を存じあげなくて……。お休みの前にカナン様が、『お誕生日にお祝いもしないなんて次期王妃《おうひ》のお友達に相応《ふさわ》しくないですわ』と、マーガレット様のお誕生日を教えてくださったのです」

「……私にはカナン様の考えていることがよくわからないわ」

「きっとご自分では照れてしまって言えないので、私からマーガレット様にお祝いを伝えてほしかったのですよ」

カナン様にそんなに可愛《かわい》らしい一面が？

「ソフィア様、本当にありがとう」

「お友達ですから」

にっこりと微笑んだソフィア様に、私のハートが撃《う》ち抜《ぬ》かれたことは言うまでもない。

思いがけずルイス様からもお祝いのお言葉を頂いた。

「先日、誕生日でしたよね。おめでとうございます」

「ご存じだったんですか？」

「キース殿下《でんか》に関《かか》わることはすべて把握《はあく》しています」

ここで、眼鏡くいっ、が入って、妖精さん達が大喜びしていた。

「キース殿下からは、花束は贈《おく》られてきましたが、お祝いのお言葉は頂いておりません」

「……」

「目をそらしましたね」

「いえ、眼鏡の調子が悪いだけです」

「なんですかそれは」

妖精さん達は、ルイス様の新たな名言に大喜びしていた。

（あははー眼鏡に調子があるのー？）

（めがねってば本当にめがねー）

（今日は名言誕生祝いとして眼鏡の度を十倍強くしてやろうか）

私も思わず笑ってしまった。だけど、その後で、私はルイス様にほんの少し意地悪な質問をした。

「ルイス様は、私が公爵令嬢《こうしやくれいじよう》でなくてもキース殿下の婚約《こんやく》者でなかったとしても、お祝いの言葉をくれましたか？」

「……マーガレット様が、殿下の婚約者でなかったのなら、僕は貴女《あなた》にマーガレットの花束を贈っていました」

（めがねがかっこつけてるー）

（マーガレットが真っ赤になってるー）

（めがねの家の庭を一年中マーガレットの花で埋《う》め尽《つ》くしてやろう）

「冗談《じょうだん》です」

「なっ⁉　ルイス様の冗談は質《たち》が悪いです！　しかも冗談とは真顔で言うものではありません」

「僕はこの顔しか出来ません」

「この間は笑っていたじゃないですか」

「記憶《きおく》にありません」

「本当に失礼な人ですね」

「冗談はさておき、言いますよ」

「何をですか？」

「マーガレット様が聞いたのでしょう？　貴女が公爵令嬢でなかったとしても、キース殿下の婚約者でなかったとしても、僕は貴女にお祝いを言いますよ」

ルイス様の冗談は死ぬほどつまらなかったけど、この答えは、ささくれていた私の心を少しだけ癒《いや》してくれた。とても些細《ささい》なことだけど、それでも、私が公爵令嬢でも、そうでなくても、変わらないことはあるんだ、と。

第3章　パンドラの箱の希望

今年の『聖女の儀式《ぎしき》』まで、あと数週間に迫《せま》っていた。平民は教会で、貴族は学園で、毎年決められた日にそれは実施《じっし》される。

『聖女』と認定《にんてい》されないと、この国に悪い影響《えいきょう》があったりするのかしら？

（ないよー聖女なんて人間が決めてるだけだよー）

（僕たちがいるだけで国が豊かになるんだよーえっへん）

（マーガレットが望むなら悪い影響を与《あた》えてやろうか）

お母さまのお手紙を読んでから、私はずっと考えていた。私にこの国で『聖女』などと呼ばれる資格なんてないわ。だって、私には、この国の血が一滴《いってき》も入っていないのだもの。それにお母さまは私のせいでオルタナ帝国《ていこく》を追い出されたのに……。そんな私がソルト王国で『聖女』と呼ばれて国民から愛され、国中から守られる存在になるだなんてそんなこと許されるはずがないわ。

くっきー、しょこら、みんと。聖女の儀式で、玉を光らせないでほしいの。

私は強い決意を込めて妖精《ようせい》さん達にお願いをした。

（えー？　なんでー？）

（玉が光ると皆《みんな》がびっくりして楽しいよー）

（サーシャを虐《いじ》めてたやつらは土下座したぞ）

私は、あなた達と一緒《いっしょ》にいられたらそれで良いの。

（私たちはずっと一緒だよー）

（いつもマーガレットの側《そば》にいるよー）

（生まれてから死ぬまでだ）

たとえば、あなた達に魔法《まほう》が使えなくても、側にいてくれるだけで私はとても幸せなの。お母さまの形見のブローチを大切に守ってくれることも嬉《うれ》しかった。お義母《かあ》様から叩《たた》かれた背中を癒《いや》してくれたことも本当に有難《がた》かった。だけど、本当の意味で私を救ってくれたのは、あなた達がいつだってずっと側にいてくれたことなのよ。一人ぼっちだった筈《はず》の私の側《そば》でいつも笑っていてくれた。だからこそ私も笑っていられたの。くっきー、しょこら、みんと。三人の存在そのものが私を救ってくれたの。

（そんなこといままで言われたことないよー）

（一緒にいるだけで幸せー）

（だっだが、まっ魔法が使えなかったら、いつか王宮を爆破《ばくは》することが、でっ出来なくなってしまう）

　みんと、落ち着いて。そんなにオロオロしないで。たとえば、の話だから。そして王宮を爆破することは諦《あきら》めてね。

　私が聖女だと認定されなくても、この国が豊かならそれで良い。ソフィア様がいて、カナン様がいて、ルイス様がいる、この国が、豊かであるならそれで十分だわ。

（物差しおばさんをギャフンと言わせるチャンスなのにー）
（王子とシンシアも土下座させたいー）
（やはりてっとり早く爆破が良いだろう）

　くっきー、しょこら、みんと。お願い。

（マーガレットずるいー）
（僕たちがマーガレットのお願いを断れないの知ってるー）
（その代わり交換《こうかん》条件だ）

　交換条件？

（ふっふっふーいたずらー）
（玉を光らせない代わりにいたずらするー）
（さあて、どんないたずらをしてやろうか）

　いたずらよね？　いたずらなのよね？　爆破とか、毒とか、溺《おぼ》れさせたりとかはダメだからね？　ねっ？　ねぇ、なんで誰《だれ》も返事しないの？

ついに聖女の儀式の日がやってきた。聖女判定を受けるのは二年生の女性だけだけれど、学園の観劇ホールは、国王陛下や王妃《おうひ》様をはじめ、この国の重鎮《じゅうちん》達や、判定を受ける女性の家族達見学者で満席になっていた。手をかざして光らなかったらそれで終わりなので、あっという間に、最後の私の順番になった。そして、私が手をかざしても、玉……聖なる水晶《すいしょう》は光らなかった。

「……光らない？」
「マーガレット様は聖女じゃないのか？」
「でもあのダンスパーティーの時の眩《まぶ》しいほどの輝《かがや》きは？」

聖女は滅多《めった》に現れないのだから聖なる水晶は光らないことが当たり前のはずなのに、私の判定結果に、会場は騒然《そうぜん》としてしまった。その喧噪《けんそう》に思わず観客席を見《み》渡《わた》してしまった私の目には、皆が驚《おどろ》いている中で、どうしても笑《え》みを堪《こら》えきれないというようなキース殿下《でんか》の嬉しそうな顔が飛び込んできた。

（やっぱりつまらないー）

（玉を光らせたかったー）

（やはり王子の急所突《つ》きじゃ生ぬるいか）

（そーだねー）

（違《ちが》ういたずら考えよー）

（物差しばばあとシンシアもまとめてやってやろう）

「どんな手を使いましたの？」

裏手に戻《もど》ると私の一つ前に判定を終わらせたカナン様に絡《から》まれた。

「どんな手とは？」

「なぜ聖なる水晶が光らなかったのですか！」

（ふっふっふー私たちのおかげだよー）

（僕たちがマーガレットのために我慢《がまん》したのー）

（王子たちの悲劇と引き換《か》えにな）

「普通《ふつう》は光らないものですよね？」

「いいえ！　マーガレット様は聖女です！」

「……どうしてそのように断言できるのですか？」

「七歳の時、天罰《てんばつ》がくだりましたわ！　マーガレット様を傷つけた私は、ガーデンパーティーで空を飛んで池に落ちたのですわ」

「……あのガーデンパーティーで出会ったのはやはりカナン様だったのですね……」

「私はあの日からずっと貴女《あなた》を聖女だと信じていましたわ」

「でもカナン様はずっと私に嫌《いや》み……苦言を呈《てい》してきたではないですか。聖女だと思っていたのならばなぜ……」

「見くびらないでくださいませ！　私は聖女相手でも言いたいことは言うのです！　将来の王妃たるものが何もかもにも無関心で言い返しもしないなんてこと、いいはずがありませんわ！」

　カナン様のぶれない姿勢にまた感心してしまった。

「ですが、私は聖女ではありませんでした。……聖女ではありませんが、七歳のカナン様に怖《こわ》い思いをさせたのは私のせいです。本当に申し訳ございませんでした」

　私はカナン様に心からの謝罪をして頭を下げた。

「次期王妃たるもの簡単に人に頭を下げるべきではありませんわ！　それにあれはすべて私の責任です。人を傷つけたからその痛みが自分に返ってきただけ、ただの自業自得《じごうじとく》、天罰ですわ！」

　カナン様は、きっぱりと言ってくれた。カナン様のその言葉で、私の心は七歳のあの日からやっと救われた。

「私はまだ諦めておりませんわ！　いつかマーガレット様こそが聖女に相応《ふさわ》しいと認めさせてやりますわ！」

　続いたカナン様の言葉が、あまりにカナン様らしくてつい笑ってしまったのだけど。

　観劇ホールを出てカナン様と一緒《いっしょ》に校門に向かっていると、キース殿下が側近候補の皆様《みなさま》達と歩いていた。

「マーガレット。残念だったね」

　こちらに気付いたキース殿下はさっきと同じ嬉しそうな笑顔で話しかけてきた。

「当然の結果です」

私の言葉にもキース殿下は満足そうにうなずいた。

「今までなぜか僕の周りの人間の多くは、マーガレットを聖女ではないかと言っていた。だけど僕にはそれは違うと分かっていたんだ。マーガレットが聖女ではないと判明した今、僕は婚《こん》約《やく》についても破棄《はき》したいと考えているんだ」

突然《とつぜん》とんでもないことを笑顔で言いのけたキース殿下に、その場にいた側近候補の皆様や、護衛のハンクス様もとても驚いていた。私もあまりに突然のことに何とお答えすれば良いか分からず戸惑《とまど》ってしまった。

（王子やっちゃう？）

（いたずらじゃなくやっちゃう？）

（永遠に髪《かみ》が生えない呪《のろ》いでは生ぬるいか）

やっちゃだめよ！

不穏《ふおん》になってしまった妖精《ようせい》さん達をなだめるのに必死になってしまって、私はしばらく何も答えられないでいた。そんな時に、ルイス様がキース殿下と私の間に立った。まるで、キース殿下から私を守るように。

「ルイス？　どうしたんだい？」

キース殿下もとても困惑《こんわく》しているようだわ。

私の前に立つルイス様はキース殿下と向かい合っているので、私からはその背中しか見えなかったけれど、凛《りん》とした声が響《ひび》いた。

「キース殿下。恐《おそ》れながら申し上げます。マーガレット様が聖女であろうとなかろうと何も変わりません。マーガレット様は、マーガレット様です」

ルイス様のその言葉は詩的に言うならば【パンドラの箱から希望が溢《あふ》れだしていくような】そんな奇跡《きせき》のような言葉だった。だってそれは、ずっとずっと探していた、お母さまとの約束の言葉だったから。

『いつか、妖精の愛《いと》し子だからではなく、マーガレット自身を見つめて、愛してくれる人が現れる』

ルイス様の言葉はもちろん愛ではないだろうけど、それでも、ルイス様は私を見てくれた。

「妖精の愛し子だからではなく、私自身を……」

思わず呟《つぶや》いてしまうほど、私にとって、その言葉はとても嬉《うれ》しかったの。

「その通りですわ！　第一、キース殿下《でんか》とマーガレット様の婚約は国王陛下が決めたことです。それを第一王子と言えど、キース殿下が思い付きで破棄するなどと軽々しく口に出来るものではありませんわ！」

カナン様の発言に驚《おどろ》いて隣《となり》を見ると、カナン様はキース殿下をまっすぐに見つめていた。ルイス様とカナン様の発言に、キース殿下は戸惑った顔をして、そこからしばらく無言で考えこんだ。

「……その通りだね。僕の不用意な発言で驚かせて大変すまなかった」

考えた後でキース殿下は謝罪をされた。

誰《だれ》の言葉でもきちんと聞いてご自分で判断される、キース殿下は悪い人ではないのよね。ただ、シンシアの言葉だけはなぜか何もかも鵜呑《うの》みにするというだけで……。そんなことを考えながらも私は、ルイス様の細い背中から目を離《はな》すことができなかった。

聖女の儀式《ぎしき》の夜は、義母もシンシアも上機嫌《じょうきげん》だった。

「お姉様が聖女だなんてありえないわよねー。なぜ会場があんなに騒然《そうぜん》としていたのか意味がわからないわ！」

「あら、嫌だ。シンシアったら当たり前じゃないの。こんなに可愛《かわい》げのない子が聖女だなんてありえないわ！」

楽しそうな家族の笑い声を聞きながら、私はただいつものように黙々《もくもく》と緑色の苦いディナーを食べていた。なぜかお父様だけは、珍《めずら》しく二人の会話に加わっていなかった。

「マーガレット。昨日は本当にすまなかったね」

次の日、学園でキース殿下から謝罪をされた。だけど、そんな時でもキース殿下の隣には当たり前のようにシンシアがいるのよね。シンシアは、キース殿下の言葉にとても悲しそうな顔をしてうつむいた。

「お姉様、聖女ではなかったことがショックで、昨日はとても落ち込んでらしたものね……。

でもだからといってあんな八つ当たりみたいな……」

正面にいる私にだけは、うつむく瞬間《しゅんかん》に口の端《はし》を上げたのが見えたけど。

「……シンシア」

キース殿下はシンシアを心配そうに見つめた。

「マーガレット。この話は、またいずれ。今日は失礼するよ」

そう言ってキース殿下は、シンシアと将来の側近候補の皆様を連れて去っていった。私、まだ一言も話していないけれど。話しかけられたのにご挨拶《あいさつ》もさせて頂けなかったのは、さすがに初めてだわ。しかも、昨日の謝罪だったと思ったのだけど、返事も聞かないなんて……。

（めがねだめがねー）

（早速《さっそく》めがねの眼鏡ずらすー？）

（ずらし、曇《くも》らせ、を五回ずつやってやろう）

ルイス様だけは、そのままその場に残られていた。

「ルイス様……。昨日はありがとうございました」

昨日のことで私はなんだかルイス様を意識してしまって、ルイス様を前にしただけで動揺《どうよう》して、照れてしまった。だけど、ルイス様はいつも通りの平常運転だった。

「いえ。当然のことを言っただけです」

その当然が、私にとってはちっとも当然ではなくて、だからとても嬉しかったのだけど。そんな私の様子に気付かず、ルイス様はいつもの調子で話を続けた。

「マーガレット様。少しお話をさせていただいてよろしいでしょうか？」

「えぇ。もちろんですわ」

「以前も言いましたが、僕は、この国の中枢《ちゅうすう》の人間の中にはマーガレット様を聖女であると考えている方が一定数いるのではないかと思っていました。なので今回の判定結果でマーガレット様の評価が、少し変わってしまうのではないかと懸念《けねん》しています」

「……それは私を心配してくれている、ということでしょうか」

「マーガレット様は気づいていらっしゃらないと思いますが、上の空になっている時には、いつもとても楽しそうに微笑《ほほえ》まれておられます。僕は、祖母が言っていた聖女さまとはこういう方なのかもしれないと思っていたのです」

「……ルイス様。……その、見えていらっしゃいますか？」

「いえ。先ほどから眼鏡が曇って実はまったく見えていなかったのですが、さすがに真面目《まじめ》な話をしている時に失礼だと思い、眼鏡を拭《ふ》くことを自重しておりました」

「どうぞお拭きくださいませ」

ルイス様の眼鏡ふきふきタイムの間、妖精さん達は大盛り上がりしていた。

（眼鏡拭かないパターン初めてー）

（眼鏡真っ白でも話続けてておもしろかったー）

（めがねの面白《おもしろ》底力に乾杯《かんぱい》してやろう）


「マーガレット様。失礼を承知で申し上げてよろしいですか？」

夢中になって眼鏡を拭き終わった後で、ルイス様はいつも通りの真面目な顔で言った。

「失礼なのはルイス様の代名詞です。お気になさらずいつも通りどうぞ」

「マーガレット様が聖女でなかったことはこの国にとってとても残念なことでしたが。……僕個人としては、嬉しいと思ってしまいました」

「……それは、どういう……？」

「いくら僕でも聖女さまに失礼なことを言うのは躊躇《ちゅうちょ》してしまうかもしれませんから」

そう言って微笑んだルイス様にほんの少しだけときめいてしまったことは、絶対に誰にも知られたくなかった、のに。


（マーガレット真っ赤になったー）

（マーガレットがめがね見て真っ赤になったー）

（マーガレットも眼鏡にしてやろうか）

それから二週間近く私はことあるごとに妖精《ようせい》さん達にいじられ続け、みんとからは視力まで奪《うば》われそうになるのだった。

聖女の儀式の後も、私はもちろん王宮での王妃《おうひ》教育に通い続けていた。キース殿下の婚約《こんやく》者である私には、教育係の先生達との授業が終わった後で、王宮の庭園を自由に散策することが許可されている。

（マーガレットーあっちだよー）

（クソ王子たちがいるよー）

（花と一緒《いっしょ》に埋《う》めてやろうか）

妖精さん達に連れられた私が見たのは、真っ青な顔をしてキース殿下の許《もと》に駆《か》けていくキース殿下の弟のレオナルド様の姿だった。妖精さん達の連れてきてくれた場所は丁度彼らから死角になっているようで、レオナルド様は、私に気付かないままキース殿下に向かって声をかけた。

「兄上！　マーガレット様との婚約を破棄《はき》するなど正気ではないですよね？」

「どうしたんだい？　レオナルド。僕はいつだって正気だよ」

「マーガレット様はいつも努力されていたではないですか！」

「マーガレットは、血の繋《つな》がった妹のシンシアを虐《しいた》げているのだよ」

「兄上は何を言っているのですか？　そんなことがあるはずないではないですか！　マーガレット様がシルバー公爵《こうしやく》家で蔑《ないがし》ろにされていることは、もはや有名ではないですか。兄上はなぜマーガレット様のことを信じてあげないのですか？」

「レオナルド。王族の一員として僕達は噂《うわさ》に惑《まど》わされてはいけないよ。僕達は、自分の目で見て、何が真実かを自分で判断しなくてはいけないんだ」

「自分で判断した結果です！　マーガレット様は十三歳で王妃教育を始めた時には、普通《ふつう》の貴族が学ぶ十歳程度の教養しかなかったと教育係達が言っていました。血の繋がった母親が亡《な》くなってから教育など受けさせてもらえていなかったのでしょう。それでも兄上の婚約者として、必死に努力していたではないですか。努力して、努力して、今では誰《だれ》よりも立派な淑女《しゅくじょ》だと教育係達も褒《ほ》めているのですよ。なのになぜ兄上だけはそんなマーガレット様を見てあげないのですか？」

「……僕は、シンシアこそが真実だと判断したんだ」

「……兄上に婚約破棄などされたらマーガレット様はどうなってしまうのですか？　シルバー公爵家がマーガレット様の将来のためになるような判断をするとは到底《とうてい》考えられませんよ。いくら王宮といえど貴族の家庭内のことには介入《かいにゅう》できません。だからこそ父上も母上も僕も、マーガレット様が兄上と結婚《けっこん》される日を待っていたのではないですか。マーガレット様をシルバー公爵家から救い出せる日を！」

「……僕からも公爵に提言するよ」

「マーガレット様を幸せにできるのは婚約者である兄上だけなのですよ？　それなのにどうしてそのような酷《ひど》いことができるのですか？」

「僕のこの判断は、来年のシンシアの聖女の儀式《ぎしき》で、正しかったと判明するさ。シンシアこそが聖女なんだ」

「それでも……いえ、それだとしたら尚更《なおさら》、なんの咎《とが》もない、力なき婚約者を自分の都合で見捨てる兄上を、僕は尊敬できません」

　いつもは明るくて優《やさ》しいレオナルド様が、見たこともない厳しいまなざしでキース殿下《でんか》を見つめていた。

そんな風に思ってくれていたなんて……。お母さまが亡《な》くなってからソフィア様とお友達になるまで、私にはずっと妖精さん達しかいなかったと、そう思っていたのに。私のことを見守って、助けたいと思ってくれていた人達がいたなんて……。私が気付いていなかっただけで、お母さまが亡くなってからも私は一人ぼっちなんかではなかったのかもしれない。初めて知ったレオナルド様の、王妃様の、国王陛下の想《おも》いに、私は思わず涙《なみだ》が出そうになった。その事実はとても嬉《うれ》しくて、キース殿下が私との婚約破棄を実行しようとしていることよりも、遥《はる》かに私の胸を占《し》めた。

王宮の庭園でキース殿下とレオナルド様との会話を目撃《もくげき》してからしばらくした頃《ころ》に、重大な用件があるとしてシルバー公爵家全員が、王宮に呼び出された。その呼び出しの用件について私には、もはや確信があった。だから、いつもは妖精さん達に守ってもらっているお母さまの形見のブローチをつけて、私はその場に臨《のぞ》んだ。

「マーガレット・シルバー公爵令嬢《れいじょう》」

初めて出会った日と同じようにキース殿下は私の名前を呼んだ。やっぱりもうキース殿下の笑顔《えがお》を、輝《かがや》いているとは思えないわ。

「僕は君との婚約を破棄するよ」

私を含《ふく》めてその場に居たほとんどの人達はその言葉を予想、あるいは知っていたのだろう。息をのんだのは義母とシンシアだけだった。妖精さん達は暴走しないかしら？　私は心配したけれど、なんと妖精さん達は大喜びしていた。

（わ〜い！　マーガレット良かったねー）

（くそ王子から解放されるよー）

（王宮ごと祝福のシャンパンで浸《ひた》してやろう！　辛口《からくち》派か？　甘口派か？）

「キース殿下。承知しました」

妖精さん達が喜んでいることに安心した私は、思わず微笑《ほほえ》みながら答えた。そんな私にキース殿下はとても驚《おどろ》いていた。

「恐《おそ》れながら、国王陛下とシルバー公爵の了解《りょうかい》は得られている、という理解でよろしいでしょうか？」

私の問いに答えたのは、キース殿下でもお父様でもなく、王妃様だった。

「マーガレット。貴女《あなた》は王妃教育もとても真面目《まじめ》に頑張《がんば》ってくれたのに、こんなことになってしまって本当にごめんなさい」

「母上。マーガレットに謝る必要などありません。彼女は、シンシアに、この国の聖女にあろうことか危害を加えていたのですよ」

キース殿下の発言にはさすがに場がどよめいた。シンシアが聖女？　そういえばこの間もレオナルド様と庭園で話している時にそのようなことをおっしゃっていたけれど、あの時はそれどころではなくて聞き流してしまっていたわ。

「シンシアおいで」

キース殿下は、優しくシンシアを呼んだ。シンシアはさすがにとても驚いていたけれど、すぐにダンスパーティーの時と同じように嬉しそうにキース殿下の隣《となり》に並んだ。

「僕は、第一王子の名において宣言する。シンシア・シルバー公爵令嬢こそが聖女であると！　そして彼女を僕の新たな婚約者とすることを！」

いやいや、聖女の儀式は？　聖女かどうかはあの玉……国宝の聖なる水晶《すいしょう》で判定するのよね？　キース殿下、どうしちゃったのかしら？　聖女の儀式の後から暴走がすごいわ。

「キース。黙《だま》りなさい」

さすがにこの国の歴史とか伝統をすべて無視して第一王子の名の下《もと》にシンシアを聖女に任命

しちゃったことは想定外だったのか、いつもは冷静な国王陛下も慌《あわ》ててキース殿下の暴走を止めた。

「もちろん来年の聖女の儀式までシンシア公爵令嬢が聖女であるかは誰にも判定できないが、その可能性が非常に高いとは思っている」

「キースが十三歳の時、お茶会で毒を盛られたことがあったでしょう？」

王妃《おうひ》様は私の目を見て話し始めた。

「『第一王子の起こした奇跡《きせき》』などと言われていたけれど、聖なる光に包まれて起きたその奇跡は歴代の聖女様が起こした奇跡とまったく同じだったの。そしてそのお茶会にいた聖女の儀式を受けていない女性は、マーガレットと、シンシアだけだったわ。だからきっと、どちらかが聖女であることは間違《まちが》いがないの」

そう言って王妃様は、申し訳なさそうに顔を伏《ふ》せた。

きっと今までもキース殿下は私との婚約《こんやく》を解消して、シンシアと婚約をしたいと願い続けてきたのだろう。だけど、私にも聖女である可能性があった。聖女だからといって無理矢理《むりやり》キース殿下の婚約者にすることはできないけれど、ソルト王国のためにはきっと聖女が王妃である方が都合がよいのだろう。だから、きっと今まではどんなにキース殿下が望んだとしても聖女の可能性のある私との婚約を破棄することは叶《かな》わなかったのだわ。だけど、私が聖女ではないことが確定した今、聖女である可能性が非常に高いと思われるシンシアをキース殿下の婚約者にすることは、キース殿下とシンシアがそれを望んでいる限り自然な流れなのだろう。それに、シンシアはもう十五歳だ。王妃教育をするには今の時点でもすでに遅《おそ》い。シンシアをキース殿下の婚約者とする以上、シンシアに少しでも早く王妃教育をすることは、国として当然の措置《そち》だろう。その為《ため》に来年の聖女の儀式まで待たずに私と婚約破棄をして、シンシアと新たに婚約を結ぶ、それもきっと国としては正しい。

　ただし、シンシアは聖女ではない。

　どうしよう。こんなことになるなんて。いくらなんでもこれでは来年の聖女の儀式の時のシンシアが可哀想《かわいそう》だわ。

「キース殿下。恐れながら一つだけお願いがございます。もしも、シンシアが聖女でなかったとしても、どうか二度目の婚約破棄だけはなさらぬようにお願い申し上げます」

「マーガレット。君には失望したよ。そんなことを言っても僕の気持ちは変わらないよ。シンシアは聖女だ。間違いない。君に虐《しいた》げられてもひたむきに生きてきた彼女ほど聖女に相応《ふさわ》しい人間などこの世にいない。だけど僕は、聖女かどうかなど関係なく、シンシアと共に生きていきたいと思っている」

「キース様ぁ。私、嬉しいです。今までお姉様に意地悪されても一生懸命《いっしょうけんめい》生きてきて良かった」

「シンシア。なんていじらしいんだ」

シンシアはうるうるとした目でキース殿下《でんか》を見つめた。……聖女でなくてもシンシアが婚約《こんやく》破棄《はき》されることはないなら、もう、私には関係ないわよね。今にもキスでもしてしまいそうなキース殿下とシンシアの暴走に周りもかなり引いていた。

「では、正式書類への署名を」

国王陛下の言葉で、場の空気が元に戻《もど》った。まずはキース殿下と私がそれぞれ婚約解消の書類にサインをした。そして、次にキース殿下とシンシアが婚約契約《けいやく》の書類にサインをした。


「きゃーっ！」


国王陛下が二つの書類を正式に受理した瞬間《しゅんかん》に、シンシアの叫《さけ》び声が聞こえた。驚いて周りを見渡《みわた》すと、キース殿下、義母、シンシアの周りを大量の蜂《はち》が取り囲んでいた。

これって、もしかして!?　慌てて妖精《ようせい》さん達を見ると、

((えいっ。もっといけー))

ノリノリで蜂をけしかけていた。

くっきー、しょこら、みんと。これってもしかしなくても、あなた達の仕業《しわざ》ね。

(玉を光らせるの我慢《がまん》した代わりー)

(マーガレットがいたずらして良《い》いって約束したー)

(蜂を追加してやろう)

キース殿下の護衛の方達が、なんとか蜂を追い払《はら》おうとしているけど、蜂達はまったく減らなかったし、キース殿下、義母、シンシア以外を攻撃《こうげき》することはなかった。

「おいっ。なんとかしろっ」

「嫌《いや》ーっ。痛いー」

「痛い。止《や》めて。助けてー」

普段《ふだん》は穏《おだ》やかなキース殿下の怒鳴《どな》り声と、シンシアと義母の悲鳴で大騒《おおさわ》ぎになっていた。

ねぇ、お義母《かあ》様は、背中だけを狙《ねら》われてるわよね？

（今までマーガレットを物差しで叩《たた》いた痛みだよー）

（王子にはマーガレットが消してあげた毒の苦しみを戻してるー）

（シンシアは今までマーガレットから奪《うば》った物の数だけ刺《さ》させてる）

……念のためだけど、死なないわよね？

（私たち人間は殺せないのー）

（王宮医だとしても治せちゃうよー）

（無念だ）

私は、妖精さん達と会話をしていて上の空だったので、周りの重鎮《じゅうちん》の方々が囁《ささや》いていたことは、全く聞いていなかった。

「マーガレット様は、本当に聖女ではないのだろうか」

「どう見ても婚約の解消に天が怒《おこ》っているとしか思えないが」

「キース殿下はとんでもない間違いを犯《おか》されたのでは」

その後、それぞれへの痛みを与《あた》え終わった蜂達は自然に消えて、駆《か》けつけた王宮医によってキース殿下、義母、シンシアの傷は癒《いや》された。その様子を見ながら、私はカナン様の言葉を思い出していた。

『人を傷つけたからその痛みが自分に返ってきただけ、ただの自業自得《じごうじとく》、天罰《てんばつ》ですわ！』

第4章　マーガレットの祈り

私とキース殿下の婚約《こんやく》が解消されてから三日後に、私は生まれて初めてお父様の書斎《しょさい》に呼ばれた。

「シンシアに婿《むこ》をとるつもりだったが、キース殿下に嫁《とつ》ぐことになったので、跡継《あとつ》ぎは養子を探す」

いつも通りの冷たい目でお父様は宣言された。

「お前に公爵《こうしやく》家は継がせない」

「承知しました」

「お前の嫁ぎ先も探しているが、キース殿下に婚約を破棄《はき》されたんだ。まともな嫁ぎ先などないことを覚悟《かくご》するんだな」

「覚悟はしております」

「マーガレットではなく、シンシアが王妃《おうひ》になる」

お父様は、シンシアそっくりな歪《ゆが》んだ顔をして私を嘲笑《あざわら》った。

「当然だな。お前の母親は心の醜《みにく》いどうしようもない女だった」

眉《まゆ》を寄せながらそう言った時のお父様の顔は、さっきよりもさらに厭《いや》らしく歪んでいた。

「お父様。信じません」

「なんだと！」

「十年間毎日一緒《いっしょ》にいて愛情を注いでくれたお母さまよりも、二人で話すことさえ初めてなお父様の言葉を、信じるはずがありません」

ダンッ！

お父様は書斎の机を叩いた。

「誰《だれ》が育ててやったと思ってるんだ！」

「それは、お金の話ですか？　教育の話ですか？　まさか愛情の話でしょうか？」

私はお父様をまっすぐに見て聞いた。

「……もういい。話は終わった。下がれ」

「お父様。今まで公爵家の娘《むすめ》として育てて頂いたこと、だけ、は感謝しております」

「……お前は案外意地が悪いな」

「この家で、性格の悪い見本のような三名から毎日のように性格の悪さを学んでおりましたから」

そんな私の言葉に、お父様は唖然《あぜん》としたように言った。

「お前がそんな人間らしいことを言うなんて思ってもみなかった。……お前が俺に感謝することは何もない。お前に愛情など持ったことはないし、教育費だってお前の祖父母が出したようなものだ」

そう言った後で、お父様は引き出しから一通の手紙を取り出した。

「お前の母親の実家からの手紙だ」

「お母さまの？」

「少し前に届いたものだ。何が書いてあるかは興味もないが、お前はお前の好きにすればいい。……オルタナ帝国《ていこく》への旅費くらいなら出してやる」

お父様の言葉に、私はお母さまからのお手紙を思い出した。

「お母さまも同じことを言ってくれました。もし、おじい様やおばあ様から連絡《れんらく》が来た時には、私は私の思うように行動してほしい、と」

「スカーレットが、俺と同じことを……」

お父様は独り言のようにささやかに呟《つぶや》いた。だけど、すぐにいつもの冷たい口調で私に向かって言った。

「マーガレット。早速《さっそく》来ている縁談《えんだん》が一つあって、問題もあるから断ろうとしていたが。……検討することにする。話は終わりだ。出ていけ」

「……なんの話ですか？」

「もういい。出ていけ」

お父様に言われるがまま、私はお父様の書斎から出た。

お父様から渡《わた》された手紙は、オルタナ帝国の伯爵《はくしゃく》家でずっとおじい様とおばあ様に仕えてくれていた執事《しつじ》からのものだった。

「おじい様は数年前に亡《な》くなっていること」

「おばあ様はずっとお母さまにしたことを後悔《こうかい》していたこと」

「おばあ様も病に冒《おか》されてもう長くはないこと」

「どうか最後に一目だけでも会っていただけないか」

ということが書かれていた。

お母さまは、私は私のしたいようにすれば良《い》いと言ってくださったけれど……。お母さまの手紙を読んでからずっと私は思っていたの。私のせいで、私を妊娠《にんしん》したせいで、お母さまは本当のお父さまと引き離《はな》されて不幸になったんじゃないのかしらって……。それなのに、お母さまを追い出した張本人であるおばあ様と私が会うなんて……。その夜は、なぜか妖精《ようせい》さん達が家にいなくて、不思議に思いながらも、私は一人でずっと悩《なや》んでいた。けれど、答えはでなかった。

キース殿下《でんか》と私の婚約が解消されたことと、キース殿下とシンシアの婚約が成立したことが王宮から発表され、ソルト王国中が大騒《おおさわ》ぎになった。学園でも皆様騒《みなさまさわ》いでいたけれど、さすがに直接私に対して、何かを聞いてきたり、言ってくるような方は誰もいらっしゃらなくてほっとしていた。

ソフィア様は私のことをとても心配してくださって、ランチタイムにはいつも手作りのお菓《か》子《し》を持ってきてくださった。

「マーガレット様。こんな私でも力になれることがあれば何でも言ってください」

「ありがとうございます。ソフィア様。こんな状況《じょうきょう》になっても変わらず側《そば》にいてくれる、それだけで私はとても嬉《うれ》しいわ。お菓子も毎日ありがとう」

「私はマーガレット様のことを家族や使用人によく話していますから、うちのお屋敷《やしき》にはすっかりマーガレット様の大ファンになった者がおりますの。最近ではシェフと四人で毎日お菓子作りに取り組んでいますわ。あっ！　もちろんお勉強もちゃんとやっておりますので心配しないでくださいね」

そう言って優《やさ》しく微笑《ほほえ》むソフィア様に私はとても癒《いや》された。キース殿下に婚約破棄《こんやくはき》をされたことよりも、私を心配してくださる人間のお友達がいることの方が私には重大だわ。だけど、ソフィア様の発言で、とても気になることが……。

「……私の大ファン？」

「そうなんです！　特に熱烈《ねつれつ》なのが執事とメイドで、いつもマーガレット様の話を聞きたがるんです。それにメイドのシャーロットはお菓子作りも上手なので、とても貴重な戦力なんです」

ソフィア様の言葉に私は胸が高鳴るのを感じた。

「……シャーロット？」

「はい。もう六年近く働いてくれているとっても優秀《ゆうしゅう》なメイドなんです。もともとはもっと大きなお屋敷で働いていたらしいんですけど首になったらしくて……。うちのお屋敷は、貧乏男《びんぼうだん》爵《しゃく》家だけあって使用人の経歴とかはあまり気にしていないんです。お父様が面接で人柄《ひとがら》とかを見て決めちゃうんです」

「……ソフィア様。シャーロット……さんの髪《かみ》の色はもしかして黄色かしら？」

「はい。そうですけど……。どうしてマーガレット様がご存じなんですか？」

「きっと、もともとシャーロットが働いていたのはシルバー公爵《こうしゃく》家だわ。良かった！　彼女がどうしているかとても心配していたの。だからソフィア様のお屋敷で働いているなら、とても嬉しい」

　本当に良かった。最後まで私をかばってくれた優しいシャーロット。シャーロットは、お屋敷を出る最後の日まで私を気遣《きづか》ってくれていた。『マーガレット様。私のことは何も心配することはありません。どうかこの家で強く生きてください』そう言って私の手を握《にぎ》ってくれた。

「えぇっ？　そうなんですか？　シャーロットってば教えてくれれば良かったのに。照れくさかったのでしょうか？　シャーロットはいつも嬉しそうにマーガレット様の話を聞いてきますよ」

　私の言葉にソフィア様は嬉しそうに話してくれた。

　やはり私はきっと自分で気付いていなかっただけで、お母さまが亡くなった後も一人ぼっちではなかったのだわ。妖精さん達の他《ほか》にも私を心配して、見守ってくれる人達がいたのだわ。

（マーガレットーまただよー）

（王子達がまたケンカしてたよー）

（物理的に火に油を注いでやろう）

せっかくシャーロットのことを知れて心が温かくなっていたのに、妖精さん達の報告を聞いて私は頭を抱《かか》えた。案の定すぐにカナン様が真っ赤な顔をしてやってきて、当たり前のようにソフィア様のお菓子を摘《つ》まみだした。

「カナン様、またキース殿下と揉《も》めたのですか？」

「私は、シンシア様に『そのお花畑の頭では次期王妃《おうひ》は務まりませんわ』とオブラートに包んで忠告しただけですわ。それなのに毎回、毎回、キース殿下が駆《か》けつけて！　何なのですか！　あの方は！　だいたい公爵令嬢《れいじょう》の私が、たとえ殿下の婚約《こんやく》者だとしても、公爵令嬢のシンシア様に物を申して何が問題なんですの！　あら？　このお菓子初めて見ましたが、とても美味《おい》しいですわ！」

「ふふっ。ありがとうございます」

ソフィア様の笑顔で一瞬和《いっしゅんなご》やかな雰囲気《ふんいき》になりかけたところでカナン様がまた怒《おこ》りだした。

「だいたい貴女《あなた》のお父様の気がしれませんわ。マーガレット様が公爵家を継《つ》ぐのが当然でしょうに、養子をとるなどと！」

「……私もあの家にいるのは嫌《いや》ですから」

私の言葉にカナン様は一瞬困った顔をした後で、いつも通りのぶれない姿勢を取り戻《もど》した。

「私はこれからもシンシア様に言いたいことは言っていきますわ！　マーガレット様がもし普《ふ》段《だん》言えないことがあるのでしたら、私が代わりに忠告致《いた》しますので、言ってくださいませ」

「……ありがとうございます。私にはカナン様のような強い味方がいて心強いですわ」

（私たちもいるよー）

（マーガレットが幸せになれるようにがんばったよー）

（驚《おどろ》きすぎて腰《こし》が抜《ぬ》けないように固定してやろうか）

得意気にパタパタ飛び回る妖精さん達に私は首をかしげた。

その夜のディナーの席で、お父様が言った言葉に、私は思わず腰が抜けそうなほどの衝撃《しょうげき》を受けた。

「マーガレットは、モーガン伯爵家の長男ルイス・モーガンに嫁《とつ》がせる」

「ルイス様ですって!?　嘘《うそ》でしょっ！　お姉様にはもったいないわ！」

お父様の言葉を聞いたシンシアは真っ先に反応して、私を睨《にら》みつけた。

「しっ、シンシア？　やめなさい」

シンシアを止めたのは、蜂《はち》に襲《おそ》われた後から明らかに私に怯《おび》えだした義母だった。

「シンシアはキース殿下に嫁ぐのだから、シンシアの方がずっと幸せよ？　ねっ？」

「……何か目的があるのですか？」

私は、義母とシンシアは無視してお父様に聞いた。

「モーガン家からの強い希望だ。お前は学園の卒業と同時にこの家から出ていきなさい」


「ルイス様！　どういうことですか？」

次の日の放課後に、私は図書館に行ってルイス様を捕《つか》まえた。

「マーガレット様。お久しぶりですね。キース殿下の婚約者でなくなったら挨拶《あいさつ》も出来なくなりましたか？」

「……ルイス様。お久しぶりです。相変わらず失礼でむしろ安心しましたわ」

ルイス様は、読んでいた本を置いて、立ち上がった。

「……お父様から婚約のことを聞きました。モーガン家からの強い希望だなんて言っておりましたが、お父様が何か卑怯《ひきょう》な手を使ったのではないかと思ったのです」

「確かにモーガン家の強い希望ではありませんね」

「やはり……」

平然と真顔で言うルイス様の言葉に、私の胸がほんの少し痛んだ気がしたのはなぜかしら？

だけど、そんな胸の痛みは、続くルイス様の言葉で吹《ふ》き飛んだ。

「僕の強い希望です」

「はっ？　……へっ？」


（マーガレットまた真っ赤ー）

（トマトみたいだよー）

（めがねの家の庭をトマト畑にしてやろう）


「……ルイス様の……強いご希望？」

「マーガレット様といると楽しいので」

「そんな理由で？　私は、キース殿下《でんか》に婚約破棄された女ですよ？　こんな私と結婚《けっこん》したところでルイス様にはデメリットしかないですよ」

「……僕は、毎日五時四十五分に起床《きしょう》します」

「……はいっ？」

「朝食を食べて、学園では、授業が始まるまで一時間読書をします。授業を受けて、キース殿下達と昼食をとります。午後の授業を受けて、図書館で二時間勉強をしてから帰ります。夕食をとって、翌日の予習をした後で十時に消灯します」

「……何の話ですか？」

「休みの日などは日常の中身は変わりますが、起きる時間と寝《ね》る時間は物心ついた時から十年以上必ず同じでした。……ただマーガレット様とお話をした日は、思いだし笑いをし、十時に寝つけず、マーガレット様が図書館にいらっしゃるだろう日は、五時には目が覚めてしまいます」

（めがねも赤くなってるー）

（りんごみたいだよー）

（りんごの実で眼鏡を割ってやろう）

「私は今までまともに恋愛《れんあい》というものをしたことがないので分からないのですが、なんというか、それでは、ルイス様が私に恋《こい》をしているように聞こえてしまいます」

「僕も、恋愛だけはしたことがなかったのですが、多分、そういうことだと思います」

「……こんなにロマンチックではない告白は、恋愛小説でも読んだことがありません」

「僕は恋愛小説など読んだことがないのです」

「……本当に私でよろしいのですか？」

「マーガレット様以上に楽しい方はいません」

「眼鏡のこと詳《くわ》しくないですよ？」

「眼鏡の手入れは自分でするので問題ないです。ただ通常の眼鏡は冬に曇《くも》りやすいということだけ知っておいていただければとは思います。僕の眼鏡はなぜか冬でもないのにとても曇りやすいのですが」

「キース殿下に婚約破棄《こんやくはき》された私が妻では、ルイス様もいらぬご苦労をされるのではないですか？」

「人生とは苦労をするためのものです」

「私のせいでお母さまは不幸になったのです。それなのに私だけ幸せになるなんてことは……」

「マーガレット様のお母様はとても幸せそうでしたよ？」

「いえ、義母ではなく、本当のお母さまです……」

「子どもの頃《ころ》に参加した王宮でのガーデンパーティーにいらしていたお母様ですよね？」

　当たり前のように言うルイス様に、私はとても驚いてしまった。

「どうしてルイス様がお母さまを知っているのですか？」

「あのガーデンパーティーで、僕は笑顔《えがお》でお話をするマーガレット様と、マーガレット様のお母様を見かけていたのです」

「お母さまと私を……？」

「パーティーが始まる前に、お二人でお話をされていました。マーガレット様のお母様がマーガレット様を見る目はとても幸せそうでしたよ？　僕が以前お話しした聖女像は、マーガレット様を幸福そうに見つめるマーガレット様のお母様のような方をさしていたのです」

ルイス様は以前、聖女のことを『完璧《かんぺき》で、美しく、素晴《すば》らしい女神《めがみ》のような方』だと想像していたとお話しされていた。あれがお母さまのことだったなんて……。

「……お母さまは本当に幸せだったんでしょうか？」

私の言葉には、ルイス様より先に妖精《ようせい》さん達が答えてくれた。

（マーガレットのママは幸せだったよー）

（あたりまえだよー）

（疑う余地もない）

……お母さまは幸せだったのね。

「私のせいでお母さまが不幸になったわけではなくて本当に良かった……」

「僕には、マーガレット様のお母様は、マーガレット様がいるからこそ幸せそうに見えましたよ」
ルイス様はそう言ってほんの少し微笑《ほほえ》んだ。私がどんなに自分を否定してもルイス様はそのすべてを肯定《こうてい》してくださった。もしかしてルイス様は妖精さん達と同じように魔法《まほう》が使えるのではないかしら？　私が思わず本気でそんなことを考えてしまうくらい、ルイス様は私の不安や悩《なや》みをたった一言で吹き飛ばしてくれた。

「だけど、同じ公爵《こうしゃく》家から王家と宰相《さいしょう》に嫁《とつ》ぐなどと……」

「父の話では、確かに反対していた家もあったようですが、翌日には賛成派になったようですよ」

「……はっ？」

「蜂が現れたようです。夜に突然《とつぜん》巨大《きょだい》な蜂が現れて、なぜか彼らは蜂にトラウマがあるようで、『反対したら天罰《てんばつ》がくだる』と言っていたそうです」

「……それは、もしかして一週間前の夜ですか？」

「はい」

私がお父様の書斎《しょさい》に呼ばれた日、珍《めずら》しく妖精さん達がどこにもいなかった。

くっきー、しょこら、みんと。やったわね？

（私たちがマーガレットとめがねのキューピッドー）

（ふっふっー僕たちのおかげー）

（虎《とら》に喰《く》わせてやりたかったが蜂《はち》で我慢《がまん》してやった）


「その話を聞いて、この国が心配になったことも事実ですが、それよりも、マーガレット様も僕との結婚を望んでくれているのではと、期待を持ったのです」

「……ルイス様は、もしかして気づいてますか？」

「いいえ。マーガレット様と一緒《いっしょ》にいると、眼鏡がずれて、曇ることが異様に多い、ということくらいしか分かりません。それから先日から僕の家の庭に、なぜかマーガレットの花が咲《さ》き乱れています」

私は妖精さん達を見た。彼らは空の高くまで飛んでいた。


（マーガレットおめでとうー）

（僕たちこんなに嬉《うれ》しいの初めてー）

（祝福の虹《にじ》をかけてやろう）


空にとてつもなく大きな虹がかかって、それを見たルイス様は今まで見たことのない特大の

笑顔で言った。

「あの虹をプロポーズの返事だと受け取っても？」


プロポーズの返事をした後で、私はルイス様にオルタナ帝国《ていこく》のおばあ様の執事《しつじ》から来たお手紙のことを話した。

「僕は祖母の最期《さいご》に会えなかったことを、怒鳴《どな》ってしまって謝罪をすることが出来なかったことを、ひどく後悔《こうかい》しています」

ルイス様は、おばあ様と会うことを悩んでいた私の背中を押してくれた。

「まだ間に合うのなら、会った方が良いと僕は思います」

お母さまは不幸なんかではなかった。私の幸せをずっと願っていると言ってくださったお母さまが、自分の母親が一人ぼっちで死んでいくことなんて願うはずがないわ。私は、生まれてから一度も会ったことのないおばあ様に会いに行くことを決めた。

お父様は本当にオルタナ帝国までの旅費を出してくれた。それは私にとってはソルト王国内含《ふく》めて生まれて初めての旅行だった。

（永遠に着かない馬車に乗せてやろうか）

（どのくらいでつくのー？）

（旅行たのしいねー）

はしゃぐくっきー、浮《う》かれるしょこら、不穏《ふおん》なみんとに振《ふ》り回されながらも私は五日をかけて馬車を乗り継《つ》いで、お母さまの生まれ育ったオルタナ帝国の伯爵《はくしゃく》家までたどり着いた。

「マーガレットお嬢様《じょうさま》。お越《こ》しくださいまして本当にありがとうございます」

手紙をくれた執事のガリンさんは初老の男性だった。彼は私を見てほんの少し涙《なみだ》を浮かべていた。

「マーガレットお嬢様にお手紙を送れるような立場ではないのは承知しておりますが、どうしても日々やつれていく奥様がこのまま後悔だけを抱《かか》えて儚《はかな》くなることを見てはいられなかったのです」

「……おばあ様はもう長くはないと……」

「お医者様のお話ではいつお亡《な》くなりになってもおかしくはないと……」

「……そう……ですか」

私にはそう答えることしかできなかった。それからガリンさんは、おばあ様の寝室《しんしつ》に向かう間に過去の話をしてくれた。

「旦那《だんな》様は、自分にも他人にも完璧を求められるとても厳しいお方でしたので、奥様は嫁がれた時からずっと旦那様の顔色を窺《うかが》っておられました。スカーレット様がお生まれになった時も、旦那様から『なぜ跡継《あとつ》ぎの男ではなかったのか』と責められ、出産直後で高揚《こうよう》していた顔色が一気に真っ青になってしまわれました。旦那様は、当然のように一人娘《むすめ》であるスカーレット様にも完璧であることを求めました。奥様も、スカーレット様が幸せになるためには優秀《ゆうしゅう》であるべきだと考えておられるようでした。今は厳しくても、完璧な淑女《しゅくじょ》に育てることこそが、スカーレット様の幸せであると。……幼少期のスカーレット様は、天真爛漫《てんしんらんまん》で明るいお嬢様でした。それがいつからか旦那様と奥様の顔色を窺うように不安そうな顔をされることが多くなりました。その様子はまるで、旦那様の顔色を窺う奥様のようだったのですが、奥様はそのことには気付いておられないようでした……」

ガリンさんは一旦《いったん》言葉を切って、とても苦しそうな顔をした後で続けた。

「……スカーレット様のご懐妊《かいにん》が判明した際の旦那様の怒《いか》りは凄《すさ》まじかったのです。けれど奥様はスカーレット様が伯爵家で子どもを育てられるよう旦那様に進言されました。嫁がれてきてから、奥様が旦那様に意見を述べられているのを見たのは、あの時、たった一度だけでした。……旦那様は、奥様の意見など全く意に介《かい》しておりませんでしたが。……スカーレット様が嫁がれてから奥様はずっと、旦那様を止められず一人で異国に嫁がせてしまったことを後悔しておられました。スカーレット様から出産のご報告のお手紙が来た際に、旦那様はその手紙を破り捨てましたが、奥様はその手紙を貼《は》り合わせて、ずっと大切に保管されていました。『お返事を出されてはいかがですか？』とお伺いしても、自分にはそんな資格はないと俯《うつむ》いておられました。スカーレット様がお亡くなりになったと、シルバー公爵様から簡単な書簡でのみ連絡《れんらく》が来た時から、奥様はいつも暗い顔をされていました。ずっと後悔をされていたのだと思います。せめて最期に一目だけでもスカーレット様の忘れ形見であるマーガレット様とお会いできれば、奥様も安らかにお眠《ねむ》りになれるのではないかと……。ただの執事にすぎない私が出過ぎた真似《まね》をして申し訳ありません」

　ガリンさんは私に頭をさげた。

「奥様は最近では記憶《きおく》が混沌《こんとん》とされることも多くなってまいりましたので……」

そう言葉を濁《にご》しながら、ガリンさんはおばあ様の部屋の扉《とびら》を開けてくれた。初めて会ったおばあ様は、とても痩《や》せていて、顔色もとても悪く、お母さまの最期と同じ悲しい匂《にお》いがした。

「……スカーレット？」

部屋に入った私を見ておばあ様はとても驚《おどろ》いた顔をした。ベッドから起き上がることもできず、寝《ね》ころんだまままっすぐに私を見上げていた。

「……私を殺しにきてくれたのね」

突然《とつぜん》のありえない言葉に私は息を呑《の》んだ。

「奥様。スカーレット様ではありません。スカーレット様のご息女であるマーガレットお嬢様です。スカーレット様からのお手紙を何度も何度も読まれていたではないですか」

ガリンさんが優《やさ》しくおばあ様に話しかけた。

「あぁ……。そうね。なんだかそんな気もするわ」

おばあ様は、虚《うつ》ろな目をして私を見た。

「貴女《あなた》も私を憎《にく》んでいるのでしょう？」

「……私は憎めるほどおばあ様のことを知りません」

「私はね、実の娘が不幸になることが分かっていて、それでも主人を止めることすら出来なかったのよ。でもまさかダニエル・シルバーが主人のあんな提案を受け入れるだなんて……。お金と引き換《か》えにスカーレットと結婚《けっこん》するだなんて……。スカーレットは物じゃないのよ。私が主人を止められなかったせいで、スカーレットはあんなに早く死んでしまったのに、こんな私がのうのうとこんな年まで生き続けるなんて……」

「お母さまは幸せでした」

「そんなはずないわ。マーカスは追い出したもの。貴女は言ったじゃない？　マーカスと一緒《いっしょ》にいる時だけは自然に呼吸ができた、と」

　おばあ様は虚ろな目をして言葉を紡《つむ》いでいた。

「実の娘にそんな風に言われるなんて。そんなに貴女を追いつめていただなんて。……目の前が真っ暗になったわ。貴女にはあんなに完璧《かんぺき》であることを求めたのに、私自身はまったく完璧ではなかった……。完璧に育てることこそが貴女の幸せだと信じて疑わなかったの。私は、本当は貴女の笑顔《えがお》を側《そば》で見ていられるだけで幸福だったのに。貴女にとっての幸せも、完璧になることなんかではなかったのに。どうしてこんなことになるまでそんな簡単なことに気付けなかったのかしら……」

　おばあ様はとても苦しそうに言った。

　お母さまは、私は私のしたいようにして良《い》いと遺《のこ》してくださった。私の選択《せんたく》が、お母さまの選択だと。私は、お母さまのお手紙を読んでからずっとおばあ様達がしたことは、きっと許してはいけないことだと思っていた。だけど、目の前で、最後の力をふり絞《しぼ》って必死に語るおばあ様を見ていたら、許すとか許さないとか、そんなことはもうどうでも良くて、ただただおばあ様にも安らかな気持ちでいてほしいと、私に出来ることならしてあげたいと、そう思った。

「スカーレット。本当にごめんなさい」

私は、ベッドの横で膝《ひざ》をついて、おばあ様の顔を近くでまっすぐに見つめた。そしてお母さまの優しい笑顔を思い浮かべながら笑った。

「私は、幸せでした。死ぬ最期《さいご》の瞬間《しゅんかん》まで、とても」

私の言葉におばあ様は虚ろだった目を見開いて、それからその瞳《ひとみ》から涙を流した。

「あぁっ！　そうなの？　そうなのね……。スカーレット！　貴女は幸せだったのね。……あぁ。スカーレット。私は、ずっと後悔《こうかい》ばかりだった私の人生は、貴女が幸せだったなら。たった一人の、愛する、大切な子どもの貴女が、幸せだったなら。……私の人生は、良い人生だったわ。一人ぼっちで死を待つだけだった私が、最期に貴女に会えるだなんて……。そんな奇跡《きせき》が起きるだなんて……。スカーレット。……お願い。その顔を、どうか……どうか……もっと近くで見せてちょうだい」

おばあ様の部屋を出た私に、ガリンさんは再び頭を下げた。

「マーガレットお嬢様。本当にありがとうございました。奥様のあんなに安らかな顔は、スカーレット様が嫁《とつ》がれてから初めて見ました」

「いえ、私は私のしたいようにしただけです。それがお母さまの……遺言《ゆいごん》……でしたので」

「スカーレット様の……」

ガリンさんは潤《うる》んだ瞳を隠《かく》すように顔を伏《ふ》せた。それから私が着けていたお母さまの形見の緑色のブローチに視線を向けた。

「そのブローチは……」

「お母さまの形見なんです」

私の言葉にガリンさんは驚いた顔をした。そしてその後、後ろめたそうな顔をした。……どうしたのかしら？

「申し訳ございません。……マーカスという緑色の瞳をした執事《しつじ》が、それと同じ形の青い色の石のタイピンをいつもしていたことを思い出していたのです。……スカーレット様とお揃《そろ》いだったのですね……」

突然出てきたマーカスという名前に、私は胸が締《し》め付けられた。

「……あのっ。お父……。……マーカスという執事は……」

私は勇気を出して聞いた。お母さまの手紙を読んだ時から、ずっとずっと知りたかったことを。

「……マーカスとスカーレット様のことは、旦那様と奥様と私しか知りません。マーカスは、お屋敷《やしき》を追い出された後も、スカーレット様にどうか会わせてほしいと何度も何度もやってきました。他《ほか》の使用人達は、『マーカスが横領をして首になった』という旦那様の言葉を信じていましたので、マーカスはいつも手《て》酷《ひど》く追い返されていました。それでもマーカスは決して諦《あきら》めませんでしたので、旦那《だんな》様に命じられた私がついにマーカスに告げたのです。『スカーレット様はすでにソルト王国のシルバー公爵《こうしやく》家に嫁がれた』という事実を。……その時のマーカスの絶望した顔を、私は今でも忘れることができません。そしてマーカスは、その日から一度もこの屋敷にはきていません。彼がその後どうしたかは、多分旦那様や奥様もご存じなかったのではないかと思います」

ガリンさんはとても辛《つら》そうな顔をしていた。

「……そうですか」

「自分勝手なことだとはわかってはいるのですが、スカーレット様が幸せであったように、マーカスもどうか幸せであってほしいと願っています」

伯爵《はくしやく》家を後にした私は、貴族のお屋敷街から馬車で移動した場所にあるオルタナ帝国《ていこく》の下町を、少し散歩することにした。本来であれば、他国の貴族が一人で下町に行くなんてありえないだろうけど、妖精《ようせい》さん達が一緒にいてくれるので、私は安心して散歩をしていた。

(マーガレットー見つけたよー)

(ショコラミントのお店ー)

(店ごと王国に飛ばしてやろうか)

　妖精さん達の示すほうには、ショコラミントの専門店があった。私は最近までショコラミントの存在を知らなかったのだけど、オルタナ帝国に来る少し前に、ソフィア様がランチの時にデザートとして持ってきてくださったのよね。


「オルタナ帝国ではショコラミントが流行《はや》っていたという話を参考にして、マーガレット様のお屋敷の料理長と一緒に皆《みんな》で作りました！」

　そう言ってソフィア様が嬉《うれ》しそうに出してくれたのは、ショコラミントクッキーという今まで見たこともない新作のお菓子だった。でも、なんでうちの料理長と？　と聞きたかったけれど期待に満ちたソフィア様の目と、妖精さん達のとんでもない喜びように、私はとりあえず『?』を頭の端《はし》に押しやってショコラミントクッキーを口に入れた。

（しょこらみんとくっきーだって！）

（僕たちのだー！）

（料理長めついにやってくれたな）

　そう言って妖精さん達は、ソフィア様の周りをとても楽しそうに三人で羽をパタパタさせて飛び回っていた。


（マーガレットおいしいー？）

（僕たちのお菓子おいしいー？）

（料理長への褒美《ほうび》は草祭りにしてやろうか）


「とっても美味《おい》しいわ」

　私がソフィア様に伝えると、ソフィア様はとても嬉しそうに笑ってくださった。

「料理長や、我が家のシェフに、シャーロット達も喜びます」

　私の言葉には妖精さん達も大喜びしていた。それから必死に止めたけど、ソフィア様のお家のお庭をミント畑にしてしまうことを阻止《そし》することだけは出来なかったのよね。

……そういえばなんでソフィア様は、オルタナ帝国でショコラミントが流行っていたことを知っていたのかしら？

私が思い出している間にも妖精さん達は、ショコラミントのお店に向かっていたので、私も慌《あわ》てて追いかけた。そのお店は、外観からして水色をベースに黒いハートの模様が入ったとても可愛《かわい》らしいお店だった。そして、店内もたくさんのショコラミントを使ったお菓子が売られていてとっても可愛い。妖精さん達も夢中になっていろんなお菓子の周りを飛び回っていた。

ショコラミントアイス、ショコラミントロールケーキ、ショコラミントタルト、ショコラミントマシュマロ。ショコラミントキャンディーなんかもあるのね。

……あらっ？　だけど……。まさかのショコラミントクッキーが見当たらないわ。私が嫌《いや》な予感がしたのと、くっきーの大声が聞こえてきたのは同時だった。

（なんでクッキーがないのーこの店やっちゃうー）

（だめだよーせっかくのショコラのお店なのにー）

（ミントの店は死守せねばならぬのだ）

ふっ、普段《ふだん》は穏《おだ》やかなくっきーが怒《いか》り狂《くる》ってる。……そしてまさかのしょこらとみんとが止めてるわ。

くっきー、くっきーちゃん。落ち着いて。ねっ。王国に帰ったらソフィア様にお願いして、また作って貰《もら》いましょう？

私もしょこらとみんとと一緒《いっしょ》にくっきーを必死でなだめていたけど、くっきーの怒りが収まる気配はなかった。私は、『もしかして！』と思ってお店の人に聞いてみた。

「ショコラミントクッキーはありますか？」

お店の若い女の子は、私の質問に、すぐににっこりと笑って応《こた》えてくれた。まさか自分が働いているお店がやられちゃうかもしれないという、とんでもない事態に陥《おちい》っていることなんて知らないものね……。

「ショコラミントクッキーは一番人気なので売り切れちゃいました。でももうすぐまた焼き上がりますよ」

（わ〜い！　やっぱりクッキーが一番ー）

（僕たち三人で最強だよー）

（この店の料理長を公爵家の草料理長とチェンジしてやろうか）

一瞬《いっしゅん》でご機嫌《きげん》になったくっきーにほっとした私は、ショコラミントシェイクを飲みながら、ショコラミントクッキーの焼き上がりを待つことにした。

「お待たせしました」

先ほどの若い店員さんが焼き上がったショコラミントクッキーを運んで来てくれた。ちなみに妖精さん達は、キッチンを見に行ってから焼き上がりまでずっと、

（（もっとおいしくなれー））

と言いながらパタパタダンスを踊《おど》っていて、とても微笑《ほほえ》ましかった。

「ありがとう」

「お客さんこの国の人じゃないですよね？」

「わかりますか？」

「なんとなくですけど。イントネーションが微妙《びみょう》に違《ちが》うっていうか」

王妃《おうひ》教育と学園の授業で、オルタナ帝国《ていこく》の言語は学んでいたから、簡単な言葉は話せるけどやっぱりイントネーションまでは習得出来ていなかったのね。

「ごめんなさい。変な意味じゃなくって、他《ほか》の国の貴族様がこんな下町に一人で来るなんて珍《めずら》しいなって思っただけなんです」

「えっと、護衛にはお店の近くで待ってもらっているの。お菓子は一人で食べたくて……」

さすがに一人で散歩しているなんて言ったらびっくりさせてしまうわよね。でもお菓子は一人で食べたいだなんて苦しい言い訳だったかしら……。

「わかります！　私もお菓子は一人でゆっくり食べたい派です！」

……あっさり信じてくれたわね。

「でも気を付けてくださいね。この辺の治安はいいですけど、少し行くと治安の悪い場所も結構ありますから」

「そうなの？　オルタナ帝国は豊かだと思っていたのだけど……」

「……王族や一部の貴族達はとっても裕福《ゆうふく》です。……でも……治安の悪いところに住んでいる人達は、本当に生きるのも精一杯《せいいっぱい》な状態です」

そんな現実が？　私はただただ驚《おどろ》いていた。ソルト王国にも貧しい方達はいるけれど、ソルト王国よりも栄えているはずのオルタナ帝国に、そんな場所が存在するなんて……。

「ごめんなさい。ついつい話し過ぎちゃいました。こんなこと言っているのがこの国の偉《えら》い人にバレたら不敬罪で殺されちゃうので、内緒《ないしょ》にしてくださいね」

我に返って必死な顔でいう店員さんは、

「もちろん。私は他国の人間だし、誰にも言わないから安心してね」

という私の言葉に安心して去っていった。

ショコラミントのお店を出た後で、私は先程《さきほど》の店員さんが言っていた治安の悪い地区に行くことにした。……さすがに今の格好だと貴族だとすぐに分かってしまって危険かしら？　そう考えた私は、ショコラミントのお店の近くにあった下町風のお洋服屋さんで、簡素な服を買うことにした。

（マーガレットがお洋服買うの初めてだねー）

（どんなのにするのー?）

（洋服屋にショコラミントクッキー柄《がら》の服を作らせてやろうか）

妖精《ようせい》さん達の言う通り私は、今まで自分で服を選んだことがなかった。お母さまがいた頃《ころ》はお母さまが私の好みを聞いて選んでくださったし、お母さまがお亡《な》くなりになってからは、与《あた》えられた数少ない洋服を着ているだけだった。だから、お父様からいただいた旅費の残りは少なかったけれど、初めての洋服のお買い物が、とても楽しかった。

私はシンプルな作りの白いワンピースを一着買って、そのまま着て帰りたいことを店員さんに伝えた。ショコラミントのお店の店員さんより少し年上くらいの、それでも十分若い女の店員さんは心配そうに話しかけてくれた。

「お客様、もしかして西の方の地区へ行くのですか？」

「えぇ」

「若い女性が一人で行くような場所ではないですよ」

「……そんなに危険なの？　でもここからそんなに遠くないでしょう？」

「この辺の人間だって生活に余裕《よゆう》はないですが、治安の悪い地域は本当に無法地帯ですから……。男性だとしてもお止めするくらいの場所ですよ」

本当にオルタナ帝国にそんなに治安が悪い場所があるのね。

「心配してくれてありがとう。外にいる護衛と一緒に行くので大丈夫《だいじょうぶ》よ」

店員さんはとても心配そうに見送ってくれた。

（私たちがマーガレットの護衛―）

（クソ王子の護衛より強いよー）

（悪い奴《やつ》は成敗してやろうか）


くっきー、しょこら、みんと。ありがとう。あなた達がいてくれて本当に心強いわ。

治安の悪い地域を少し歩いただけで私は悲しい気持ちになった。店員さん達が言っていた通りだわ。この地域では、歩いている人達は皆《みんな》顔色が悪くて、大人も子どももとても痩《や》せている。それに異臭《いしゅう》も漂《ただよ》っていて、とても不衛生に見える。私は、さっきのお店のワンピースを着ているから貴族には見えていないだろうけど、それでも今にでも襲《おそ》い掛《か》かられそうな嫌《いや》な視線をあちこちから感じるわ。

ソルト王国とは随分《ずいぶん》雰囲気《ふんいき》が違うわね。

（私たちがいないからだよー）

（本当ならマーガレットと一緒にオルタナ帝国でくらしてたのにー）

（我々の力は偉大《いだい》だと思い知らせてやろうか）

妖精さん達の言葉に私はとても驚いた。

それって私がソルト王国で生まれたせいで、くっきー、しょこら、みんとがいなくてオルタナ帝国は荒《あ》れているということ？

（これがこの国の本当のすがただよー）

（僕たちがいれば本当よりも豊かになるだけー）

（オルタナ帝国の私腹を肥やす貴族たちの因果応報だ）

妖精さん達は、国を本来の形よりも豊かにしてくれるだけで、国が荒れている現状がオルタナ帝国の本来の姿。国を豊かにするためには、もっと国王や重鎮《じゅうちん》達が努力しなければならない。

そうね。それはきっと当然のことで、私達人間がやるべきことだわ。

……だけど、今にも死んでしまいそうなオルタナ帝国の国民を見て、私の胸はたまらなく痛んだ。お母さまの生まれ育った国に、どこかに本当のお父さまがいるかもしれないこの国に、こんなにも苦しんでいる人達がいるなんて。

私がこの国のためにできることは何かないかしら？

私は初めてそんな風に思った。今まではずっと自分が生きることで精一杯だった。物差しで叩《たた》かれる痛みに耐《た》えることに必死だった。自分の部屋からお母さまにいただいた大切な宝石達がどんどん減っていくのが悲しかった。お父様の冷たい目線が苦しかった。婚約《こんやく》者のキース殿《でん》下《か》さえも私の話を聞いてくれなくて辛《つら》かった。……だけど、自分のことだけじゃなくて誰かのために何かがしたいって初めて思ったの。この国の皆様《みなさま》の幸せのために私は、私に出来ることをしたい。今はまだ、今の私にはまだ、祈《いの》ることしか出来ないけれど。でも、考えよう。これからずっと私は自分自身にできることを考えて、そして出来ることをやっていこう。私は聖女なんかではないけれど、それでも、誰かの幸せのために祈り続けたい。

どうか、どうかオルタナ帝国にいる苦しんでいる人達が、おばあ様が、ガリンさんが、ショコラミントのお店の店員さんが、ワンピースのお店の店員さんが、目の前にいる人達が。そしてどこかにいる私の本当のお父さまが、どうか笑顔《えがお》でいられますように。

どうか、この国が笑顔で溢《あふ》れますように。

第5章　シンシアの聖女の儀式

「祈るんだな。自分の判断が正しかったことを」

ソルト王国の国王陛下である父上は、学園の観劇ホールで行われている聖女の儀式《ぎしき》を見つめながら、冷酷《れいこく》な声で言った。公爵令嬢《こうしゃくれいじょう》で僕の婚約者であるシンシアが聖なる水晶《すいしょう》に手をかざす順番は最後だ。

◆キース殿下の判断◆

一年前、マーガレットが聖女ではないと判明した時、僕は溢れる笑みを堪《こら》えることができなかった。やはり、シンシアだったのだ。シンシアこそが、聖女だったのだ。興奮して思わず直接マーガレットに「婚約破棄《こんやくはき》」を告げてしまうほどに僕は嬉《うれ》しかった。ルイスやカナンに窘《たしな》められたので、正式に国王陛下と王妃《おうひ》である両親にマーガレットとの婚約の破棄と、シンシアとの婚約を迫《せま》った。なぜか父上も母上もなかなか認めてはくださらなかった。

母上に至っては、

「聖女でなくても、マーガレットが王妃に相応《ふさわ》しい」

　などと言い出す始末だった。

「お前は本当に正しい判断をしていると自信を持って言えるのか？　国王になったら、お前の判断一つで国が揺《ゆ》らぐことだってあるのだぞ」

　父上から問いかけられた僕は胸を張って答えた。

「僕は、自信を持って言えます。シンシアとなら、この国を、もっと豊かにすることが出来ます」

　自分の判断は何も間違《まちが》っていない、この時の僕は本当に心からそう信じていたんだ。


「ルイス！　どうしてマーガレットと婚約なんてしたんだい？」

　僕との婚約を解消して二週間もしない間に側近のルイスとマーガレットが婚約をしたと聞かされた時には本当に驚《おどろ》いた。

「正式に受理されておりますが、何か問題がございますか？」

　ルイスはいつもの真面目《まじめ》な顔で答えた。

「マーガレットは、シンシアを虐《しいた》げていたのだよ？」

「殿下。僕はずっと殿下に申し上げていたつもりです。もっとマーガレット様のお話を聞いた方が良い、二人できちんとお話をされた方が良い、と」

「……マーガレットの話だって聞いていたさ」

「僕は普段《ふだん》シンシア様と殿下がどのようなお話をされているかは知りませんが、昼食の際にシンシア様のお話を聞いていて、僕にはそれがとても真実だとは思えませんでした」

「シンシアは聖女なんだ。そんな言い方は失礼だよ？」

「大変失礼致《いた》しました」

ルイスは頭を下げて、それからはもう何も言わなかった。


「キース様ぁ。教育係がみんな私に冷たく当たりますの」

去年の婚約直後から始まったシンシアの王妃教育は全く進んでいなかった。最初の頃《ころ》は母上に教育係を代えるように掛け合っていた僕も、途中《とちゅう》からシンシアをなだめるだけになった。

「教育係は私に挨拶《あいさつ》も返してくれませんの」

「教育係に睨《にら》み付けられてとても怖《こわ》かったです。……でも、きっと私が何か悪いことをしてしまったんですよね……」

シンシアの訴《うった》えを聞いて半年が経《た》つ頃には、さすがに気づいていた。「教育係」の後に続く言葉は、そのまま「お姉様」としてずっと訴えられていた内容と全く同じだということに。だけど、どうしても僕には認めることが出来なかった。

十三歳の時のお茶会で、紅茶を飲んでいた僕は、今まで感じたこともない痛みと苦しみを感じた。周りからあがる悲鳴と、このまま死ぬのだという恐怖《きょうふ》で絶望した時、突然《とつぜん》温かい光に包まれて、一切《いっさい》の苦痛が消えた。何が起こったか分からずにいた時に、シンシアが僕にすがり付いて泣いていることに気付いた。

「キースさまぁ！　良かったですぅー！」

顔をぐちゃぐちゃに涙《なみだ》で濡《ぬ》らして、僕が生きていることに心から安堵《あんど》してくれたシンシアが、僕には聖女に見えた。婚約者のマーガレットは、僕に駆《か》け寄ることもせずどこか惚《ほう》けた顔をしていた。あの時から、僕は、僕には、もうシンシアという選択肢《せんたくし》しかなかったんだと思う。

第二王子である弟のレオナルドの婚約者にキーファ公爵《こうしゃく》家の次女のアリスが選ばれ、王妃教育もされることが決まったのは、僕とシンシアが婚約して半年後のことだった。

シンシアを散々傷つけたカナンの妹だ。

「父上！　どういうことでしょうか」

「キース。お前は自分の判断を信じているんだろう？　なら何も心配することはない」

その冷酷な声に冷や汗《あせ》が出た。

「第二王子の婚約者に王妃教育をするのは当然のことです」

母上が平然と言った。母上の隣《となり》に立っていたレオナルドは、僕がマーガレットとの婚約を破棄したいと言った半年前のあの日と同じ厳しいまなざしで僕を見ていた。

ルイスとマーガレットの結婚《けっこん》式の日は、雲一つない晴れ渡《わた》った青空だった。その青空に見たこともないような大きな虹《にじ》がかかって、空からはマーガレットの花びらが降り注いだ。招待客達は、その奇跡《きせき》のような光景に驚き、歓声《かんせい》があがった。花びらが舞《ま》い降りた時、マーガレットはあの惚けた顔をしていて、ルイスはそんなマーガレットを見て、とても愛《いと》おしそうに笑っていた。その後、なぜか突然ルイスの眼鏡がずれて、それを直すルイスを今度はマーガレットがとても愛おしそうに笑って見ていた。

まるで奇跡のように幸福な式だった。

僕は、初めてマーガレットの心からの笑顔を見た。もし婚約をしていた時に一度でもこの顔を僕に向けてくれていたのなら、そう思ってしまった自分に驚いた。そしてふと横を向いた時に、シンシアが、今まで見たこともないような醜《みにく》い顔を、悔《くや》しそうに歪《ゆが》ませた顔をしていることに気づいて、衝撃《しょうげき》を受けた。

「お姉様。幸せそうだわ」

そして僕の目線に気付いたシンシアが、すぐにいつもの笑顔《えがお》で平然と言ったことには更《さら》に驚いた。

子どもの頃からずっと僕の護衛をしているハンクスが一度だけ、シルバー公爵家で思わずというように呟《つぶや》いたことがある。

「可哀想《かわいそう》に」

その頃にはもうシンシアに恋《こい》をしていて、マーガレットから嫌《いや》がらせをされていると相談されていた時期だったので、僕は当然のようにそれは虐げられているシンシアに対する言葉だと思っていた。だけど……。僕はハンクスに初めて聞いた。

「もう何年か前になるけれど、シルバー公爵家で、『可哀想に』と呟いたことを覚えているかい？」

「……大変申し訳ありませんでした」

「全く構わないから、何が『可哀想』だったのか、教えてもらえないだろうか？」

「……しかし……」

「頼《たの》む」

「殿下《でんか》……。自分は恐《おそ》れ多くもマーガレット様のことを『可哀想に』と思ったのです」

「……それは、なぜだい？」

「……シンシア様は、いつも違《ちが》うドレスを着ていて髪《かみ》も綺麗《きれい》に結《ゆ》われていました。対してマーガレット様は公爵家ではいつも同じドレスを着て髪も正式なお茶会以外で結われていたことはありませんでした。そしてあの日は……」

　ハンクスは言いにくそうに口ごもった。

「『あの日は』？」

「以前マーガレット様が着けていたネックレスを、シンシア様がされていました」

「……マーガレットがいらなくなったアクセサリーを押し付けていただけでは？」

「……マーガレット様が以前着けていたアクセサリーをシンシア様が着けていたことは、一度や二度ではありませんでした。そして、自分が見ていた限りで、マーガレット様のアクセサリーが増えることはありませんでした。あの日は、マーガレット様が何もネックレスをされていらっしゃらなかったので、ついに身に着けるアクセサリーがすべて……。……無くなってしまったのだと気づき、思わず言葉が出てしまったのです」

「……そう……か」

「殿下は気づいておられると思っていたので、その、申し訳ございません」

ハンクスが頭を下げた光景が、ルイスに重なった。ルイスはよく言っていた。そして母上もよく言っていた。『マーガレットと話をした方が良い』、と。

『生徒会があるから』『王妃《おうひ》教育が忙《いそが》しいだろう？』『公爵家には会いに行っている』そう言って、マーガレットと向き合って来なかったのは僕自身だ。僕は、とても恵《めぐ》まれていたのだろう。僕には立ち止まるチャンスが何度もあった。家族が、側近が、護衛が、考える機会を与《あた》えてくれようとしていた。それなのに、その機会をすべて手放したのは、僕自身の判断だったんだ。

あの日、十三歳のお茶会で、僕は確かにシンシアに恋をした。だけど、僕は第一王子で次期国王だ。婚約《こんやく》者のマーガレットと話をするのは当然のことで、マーガレットの言葉もきちんと聞いたうえで何が真実かを判断するのも当然のことだったのだ。初恋《はつこい》の甘い熱に浮《う》かれてそれらを放棄《ほうき》したのは僕自身だ。

マーガレットの結婚式で初めて見たシンシアの歪んだ顔を思い出して、絶望した。


「シンシアを王妃にすることは出来ない」

一年程王妃教育をして、国が判断した結論だった。シンシアの王妃教育は全く進まなかった。

ただし、もしもシンシアが聖女でさえあれば、能力がなくても国の象徴《しょうちょう》として王妃とすることは出来るかもしれない。だからこの聖女の儀式《ぎしき》の結果次第《しだい》なのだ。聖女の儀式でシンシアが聖女でないことが判明したら、シンシアが王妃になれないことは確定する。シンシアは王妃にはとてもなれない、けれど、僕はシンシア以外の令嬢《れいじょう》を妻にして国王となることは出来ない。なぜなら、婚約破棄《はき》の場でマーガレットと約束したからだ。『シンシアが聖女でなかったとしても、二度目の婚約破棄はしない』と。

マーガレットとの約束は破棄できない。もはや国の中枢《ちゅうすう》のほとんどの人間はマーガレットこそが聖女だと信じているからだ。シンシアは王妃にはとてもなれない。僕はシンシア以外を妻にはできない。つまり僕は国王にはなれない。一年前の婚約破棄のあの場で、何の躊躇《ちゅうちょ》もなくマーガレットと約束をし、『シンシアこそが聖女だ』と言い張った自分を嘲笑《あざわら》った。

「シンシアの番だ」

父上の言葉に僕は顔をあげた。シンシアは堂々と聖なる水晶《すいしょう》に手をかざしたが、やはり水晶が光ることはなかった。そしてマーガレットの時とは違い、会場が騒然《そうぜん》とすることはなかった。シンシアだけが、何度も何度も水晶に手をかざしていた。

「なんで？　なんで？　なんで？　私は聖女なのに！」

叫《さけ》びながら、マーガレットの結婚式の時と同じように悔しそうに醜く顔を歪ませていた。

◆ダニエルの邂逅《かいこう》◆

「旦那《だんな》様。シンシアは、聖女ですわよね？」

学園のダンスホールで行われている聖女の儀式の最中、シンシアの順番まではまだ時間があるが、妻のソニンは何度も何度も聞いてきた。

「落ち着け。大丈夫《だいじょうぶ》だ」

俺はソニンの手を握《にぎ》りながら思わず眉《まゆ》を寄せて答えたが、もう何年も前から知っていた。シンシアは聖女ではない。なぜならばマーガレットこそが聖女だからだ。

「両親が、申し訳ありません」

初めて出会った時からスカーレットは、俺に謝っていた。俺は一目でスカーレットに恋に落ちた。俺がまだ十八歳の時に突然《とつぜん》の事故で両親が死に、信じていた大人達には裏切られ、藁《わら》にもすがる思いでオルタナ帝国《ていこく》に来た。だが、援助《えんじょ》と引き換《か》えに提案されたのはとんでもない取引だった。そんなもの引き受けるはずもない。所詮《しょせん》俺は公爵《こうしゃく》家の器《うつわ》ではなかったのだ。もう諦《あきら》めよう。そう思っていたのに。

スカーレットと出会った瞬間《しゅんかん》。世界は変わった。

ただ、ただ、スカーレットを愛《いと》しいと思った。愛した男に逃《に》げられ、両親に捨てられたスカーレットを、幸せにしたい。この結婚《けっこん》に愛情はない。お腹《なか》には俺とは血の繋《つな》がらない子どもがいる。だけどスカーレットの愛した男はもういない。彼女と結婚をしたのは俺で、たとえ戸籍《こせき》の上だけだとしても彼女のお腹にいる子どもの父親は俺だ。少しずつで良《い》いから俺はスカーレットと家族になりたい。

スカーレットのお腹の子どもの父親に、俺はなりたい。

「子どもが出来ました」

勝ち誇《ほこ》った顔で恋人《こいびと》だったソニンに言われたのは、スカーレットの子どもが生まれる数ヶ月前だった。スカーレットに恋をしてから、ソニンとは会ってもいなかったのに。……オルタナ帝国に行く前の不安でたまらなくどうしようもなかったあの夜の子どもだろう。

「もし援助がもらえなかったら、私の実家の男爵《だんしゃく》家を継《つ》げば良いじゃないですか」

あの夜のソニンのその言葉は確かに俺を救った。もし公爵家を守ることが出来なくても、ソニンと結婚して男爵家を継ぐことは出来るのだと安心できた。だけどスカーレットに出会った瞬間、俺はスカーレットのことしか考えられなくなった。

「マーガレット」

子どもが生まれてからスカーレットはいつも、どんな時でもその子どもを愛し、慈《いつく》しみ、大切にした。何よりその名前を宝物のように呼ぶことが許せなかった。マーカスとスカーレットの子ども。マーガレット。ははっ。俺が家族になんてなれるはずがない。スカーレットの心にはいつも、今も、自分を捨てて逃げた男がいたのだ。

「妖精《ようせい》さん？」

いつものようにスカーレットをせめて遠くからでもと見ていた時に、突然スカーレットが独り言を言い出した時には心底驚《おどろ》いた。だけど彼女の持っていたはずの二通の手紙が突然消えるのを見て、スカーレットが呟《つぶや》く言葉ですべて理解した。マーガレットは、オルタナ帝国の『妖精の愛し子』だったのだ。俺が敵《かな》うはずがない。

スカーレットは、死にゆくその最期《さいご》の瞬間でさえ、俺の名を呼ぶことはたったの一度もなかった。

酷《ひど》い言葉でマーガレットを傷つければ、『妖精の愛し子』を傷つければ、俺はスカーレットの所にいけるのだろうか。だけど俺が聖なる力で傷つけられることは一度もなかった。マーガレットは、いつも無表情だった。『妖精の愛し子』様は、人間なんぞに何をされても少しも辛《つら》くないのだろう。いつしかそう思うようになった。

だから初めてマーガレットと二人で話をした、あの婚約破棄の後の夜に、初めてマーガレットを普通《ふつう》の人間だと感じた。『妖精の愛し子』だからといって、腹がたたないわけでも、何も感じないわけでもなかったのだ。今までずっと耐《た》えてきたのだ。スカーレットが死んでから、ずっと、一人で。

「シンシアっ！」

ソニンの視線の先には、ホールの真ん中で何度も何度も、光るはずもない水晶に手をかざしながら、顔を歪《ゆが》ませているシンシアがいた。俺とシンシアはそっくりな父娘《おやこ》だ。はるか上ばかりを見て、本当に大切なものに気づかず顔を歪ませている。大切にすれば良かったんだ。スカーレットの子どもとして。『妖精の愛し子』としてではなく人間として見れば良かった。ただ、それだけだったんだ。

「旦那様！　シンシアが！」

シンシアは、国宝である聖なる水晶を持ち上げていた。あまりの出来事に会場が騒然となった。

「こんなの偽物《にせもの》に決まってるわ！　私は聖女なのっ！」

ガッシャーン！

シンシアは聖なる水晶を割った。

「これで終わりだ。何もかも」

結局俺を破滅《はめつ》に導いたのは、生まれてからずっと虐《しいた》げ続けた血の繋がらない娘でも、その娘を愛した妖精でもなく、自分自身の血を分けた正真正銘《しょうしんしょうめい》の俺の娘だったのだ。

「……私がいるのに？　隣《となり》にいるのに？」

隣に座っていたソニンの言葉に俺はこの会場に入って初めてソニンの顔を見た。ソニンの声は小さかったが、その目は俺への憎《にく》しみに満ちていた。

「旦那様は嘘《うそ》をつく時に眉を寄せるんです。最初からシンシアが聖女だなんて信じていなかったんでしょう？」

キラキラ

俺が驚愕《きょうがく》した瞬間、突然粉々に割れた聖なる水晶《すいしょう》が光に包まれて、まばゆい輝《かがや》きを放った。そして気が付いたときには、水晶は割れる前の状態に戻《もど》っていた。

「やっぱり！　やっぱり私が聖女だったんだわ！」

興奮したシンシアは叫《さけ》んでいたが、会場中の目は自然と一人の人間に向けられた。俺も思わず視線を向けてしまった。次期宰相《さいしょう》夫人として夫のルイスと参加していたマーガレットに。

マーガレットはいつもと同じ平然とした顔をしていた。そんなマーガレットの手をルイスがそっと握ったのが見えた。

◆シンシアの言い訳◆

「はぁっ？　爵位《しゃくい》を返還《へんかん》する？」

お父様は何を言っているのかしら？

「シンシア。自分が何をやったか本当に理解していないのか？」

「だって、私は聖女なのに、光らなかったあの水晶が悪いのに！　それに元に戻ったじゃない！」

「もし水晶があのままだったら、爵位の返還ですむはずがないだろう」

いつもいつも私には優《やさ》しいお父様が、お姉様を見るみたいな冷たい目で言った。あの儀式《ぎしき》の日以来一気に老《ふ》け込んだお母様は、虚《うつ》ろな顔をしてソファに座っていた。

「私は王妃《おうひ》になるから関係ないけど、それでも実家が公爵《こうしゃく》家でなくなるなんて嫌《いや》っ！」

「……王妃って……。シンシア、本気で言ってるのか？」

「当たり前よ！　私はキース様と結婚するんだから」

「……俺から言うことはもう何もない」

お父様は疲《つか》れた顔をしてお母様の隣に崩《くず》れるように座り込んだ。

なんで？　なんで？　なんで？　全部うまくいっていたのに！

『僕は、第一王子の名において宣言する。シンシア・シルバー公爵令嬢《こうしゃくれいじょう》こそが聖女であると！そして彼女を僕の新たな婚約《こんやく》者とすることを！』

一年前キース様が私の隣で高らかに宣言した時、私は天にも昇《のぼ》る気持ちだった。なにこれ？まるで物語の主人公みたい！　キース様、素敵《すてき》！　素敵！　大好き！

おかしくなったのは変な蜂《はち》が現れてからだ。突然《とつぜん》身体《からだ》中を刺《さ》されて痛くて痛くてたまらなかった。すぐに手当てはしてもらえたけど、なんだか周りの目が冷たい気がした。どいつもこいつも生意気。

しかも公爵家の自分の部屋に戻ったら、宝石やアクセサリーが何個も割れていた。はぁっ!?どうして？　お母様に言い付けてメイドを首にしてやらなくちゃ！　そしてなぜかメイド長の部屋からも割れた宝石が発見された。不審《ふしん》に思ったお父様が調査させたらあのおばさんってば私の部屋から勝手に宝石を持ち出していたみたい。信じられない！　最低！　衛兵に取り押さえられて半泣きになってたからそれはいい気味だったけど。

割れていた宝石がすべてお姉様から奪《うば》い取った物だけだったなんて……。選別もせずお姉様の物なら片っ端《ぱし》から奪っていた私は、お母様に言われるまでまったく気づいていなかった。

「マーガレットは、モーガン伯爵《はくしゃく》家の長男ルイス・モーガンに嫁《とつ》がせる」

そんなことをお父様が言い出した時は最悪だった。ルイス様なんてお姉様にはもったいない！ イケメンだし、頭も良《い》いし、無口でクールだし！ もしキース様がいなかったら私が付き合ってあげたっていいくらいなのに。きゃっ。普段《ふだん》なら一緒《いっしょ》に反対してくれるはずのお母様は、私がキース様の婚約者になった日からなぜかお姉様にビクビクして一緒に悪口も言わなくなったからつまらないし。

「ルイス様。お姉様との婚約を破棄《はき》してください！」

私は早速《さっそく》ルイス様に直談判《じかだんぱん》に行った。

「シンシア様。何をおっしゃっているのですか？」

「ルイス様お可哀想《かわいそう》。お姉様に騙《だま》されているんですわ。お姉様は、毎日私に……」

目をうるうるさせて見上げたら、きっとルイス様もキース様みたいに私のお願いを聞いてくれるに決まってる。

「僕は、僕自身がマーガレット様と一緒に生きていきたいと思ったのです」

はぁっ!? なんでよ！ 思わず顔を歪ませたら、ルイス様はいつも通りクールに言った。

「そのお顔をもっと早くキース殿下《でんか》に見せて頂きたかったです」

なにこいつ？　いつもキース様の側《そば》に金魚の糞《ふん》みたいにくっついてるくせに、聖女の私にそんなこと言っていいと思ってるの？

「失礼します」

ルイス様は頭を下げて去っていった。あの眼鏡絶対に潰《つぶ》す。早速キース様に言いつけなくっちゃ。『襲《おそ》われそうになった』くらい言っておけばいいわよね。

「シンシア様！　成績が貼《は》り出されておりましてよ！　二一五位だなんて、やはりシンシア様にはキース殿下の婚約者は務まりませんわ」

げっ。来た。何なのこの人、毎回絡《から》んできて本当に嫌なんだけど。もう！　とりあえずルイス様のことは置いといてカナンをなんとかしなくっちゃ。どうせあんな無表情で無口な男と結《けっ》婚《こん》したところでお姉様が幸せになんてなれないだろうし。

「キース様。お茶をご一緒したいです」

王妃教育は大嫌《だいきら》い。私は聖女だからそんな難しいこと必要ないのに。だからキース様が顔を覗《のぞ》かせたら私は必ずお茶に誘《さそ》った。

「シンシア様っ！　まだ本日の課題がまったく進んでおりません！」

教育係は意地悪しようとしたけど、キース様は毎回、

「シンシアも頑張《がんば》っているから息抜《いきぬ》きも必要だよ」

と言って私を連れ出してくれた。半年くらいしたら、教育係がお茶を止めることもなくなった。快適。快適。キース様とのお茶は、美味《おい》しいお菓子《かし》もいっぱい出てくるし、キース様も私の話を笑顔《えがお》で楽しそうに聞いてくれるし最高だった。ただ、私は王宮にある一番豪華《ごうか》な部屋が好きだったけど、キース様は、お庭でお茶をしたがった。

「キース様は、一度ここで紅茶を飲んで倒《たお》れたのに嫌じゃないんですか？」

「ここはシンシアとの思い出の場所だからね。それに何かあったらまたシンシアが僕を守ってくれるだろう？」

「はいっ！　もちろん！」

「頼《たの》もしいな。でも今度は僕がシンシアを守るよ。聖女を守れるくらいの国王になれるように頑張るよ」

そう言って微笑《ほほえ》むキース様、素敵すぎる！　大好きっ！

お姉様の結婚式の日は今までの人生で最悪の日だった。

一目で分かる一流のウェディングドレスに身を包み、ルイス様を見つめるお姉様はとても幸せそうだった。ルイス様は、私にはいつも無表情だったくせに、とても嬉《うれ》しそうに頬《ほお》を赤らめてお姉様に笑いかけていた。こんなの聞いてない！　ルイス様と結婚することでお姉様がこんなに幸せそうになるなんて聞いてない！　お姉様は、私にすべてを奪われて、惨《みじ》めに婚約破棄《はき》されたのに、幸せそうだなんてありえない。

何より悔《くや》しかったのは、お姉様は私に、私達家族に、キース様にさえも、たったの一度も目を向けなかったことだ。カナンと名前も知らない貧乏《びんぼう》ったらしい女には嬉しそうに笑いかけていたのに。

私はキース様が隣《となり》にいるのに、悔しさで顔が歪《ゆが》むのを止められなかった。

「廃嫡《はいちゃく》されることになったよ」

お父様が爵位返還《しゃくいへんかん》することを愚痴《ぐち》っていた私に、キース様はこの間のお父様と同じように疲れた顔をして告げた。

「はいちゃく？」

「弟のレオナルドが国王になる」

「はぁっ!?」

「真実を見ることが出来なかった僕よりも、レオナルドの方がずっと国王に相応《ふさわ》しい」

キース様ってば何言ってんの？　意味が分かんない！

「わっ、私はどうなるんですか!?」

「シルバー公爵から聞いてないかい？　シンシアが卒業したら僕達は結婚して、君の母君の男《だん》爵《しゃく》家を継《つ》ぐことになったよ」

「はぁっ!?　お母様の実家なんてど田舎《いなか》の潰れかけですよ!?」

あんなところに住むなんて、そんなのありえない。

「シンシア。君はどうして水晶《すいしょう》を割ったんだい？」

「だから、あの水晶が偽物《にせもの》だからです！　お父様もキース様もどうしたんですか？　そんな当たり前のことを聞くなんておかしいです」

「……君はどうしてそこまで自分が聖女だと信じられるんだい？　いくらなんでも人前で国宝を割るなんて。そんなことをするような分別のない人間ではなかっただろう」

「なんでって、だってキース様が宣言したからですよ」

「……僕が？」

「キース様が、国王様の前で『シンシアが聖女だ』って宣言したじゃないですか。それに、それからも毎日毎日何回も何回も『シンシアは聖女だよ』って言ったじゃないですか」

「……そうか。……僕が言ったから……なんだね」

キース様は絶望したように言って哀《かな》しそうに目を伏《ふ》せた。

そうよ。お母様もキース様もいつもいつも私に言っていた。

『マーガレットのせいで私達は旦那《だんな》様と引き離《はな》されたんだから、あんな悪魔《あくま》はとことん虐《いじ》めてあげないといけないのよ』

これはお母様。

『シンシアは聖女だよ』

これはキース様。

だから私はその通りにしただけなのに。それに使用人達だってお母様に命じられて同じことをしてたじゃない。お姉様はいつも黙《だま》って耐《た》えていた。お父様は私に怒《おこ》ったことなんて一回もない。一回だけお姉様が『背中の痕《あと》がー』とか煩《わずら》わしいことを言い出した時だって、すぐにお姉様を食堂から追い出していたし、お母様や使用人には怒っていたけど、私にはいつも通り優《やさ》しかった。キース様だって、『お姉様に……』と言って目を潤《うる》ませればいつもよりもっと優しくしてくれた。

お母様の言う通りにお姉様を虐めてたら、私は物語の主人公みたいになれた。だから、これからは私を物語の主人公にしてくれたキース様の言う通りに聖女として生きていけば良《い》いに決まってる。

「シンシア。本当にごめん」

「なんで謝るんですか？」

「君は聖女ではない。僕は間違《まちが》っていた」

「はぁっ!?　今さら何を言ってるんですか！」

「いつだって奇跡《きせき》の側にはマーガレットがいた。シンシアが割った聖なる水晶が聖なる光に包まれて元に戻《もど》った時、マーガレットはお茶会の時と同じ惚《ほう》けたような顔をしていた。あの時に初めて実感した。あのお茶会で、僕を助けたのはマーガレットだった。……聖女は、マーガレットだ」

「……だとしたら私にだって聖女の血が半分流れてます。そんな私が男爵位になるなんておかしいです」

「聖女に血縁《けつえん》は関係ないよ。それに君はずっと聖女を虐《しいた》げていたんだろう」

「私は言われた通りにしただけです」

「シンシア。これから一緒《いっしょ》に考えていこう。自分達に何が足りなかったのか。どうしてこれほどまで間違えたのか」

「キース様は、私を愛しているんですよね？　あんな使用人もろくにいないようなところで私は暮らしていけません。何とかしてください」

「愛していたよ。マーガレットの結婚式で、歪んだあの顔を見るまでは」

「はぁっ!?　じゃあキース様は私を愛してないのに結婚するんですか？」

「それが僕の罪だから」

「なんで私が、自分を愛してもいない人と、あんな田舎《いなか》で、暮らさないといけないんですか？」

「君が、血の繋《つな》がった姉を虐げ続けて、聖なる水晶を割ったからだ」

キース様は今まで私に向けたことなんてない冷めた目で言った。じわじわと焦《あせ》りを感じた。

「……キース様と結婚《けっこん》して王妃《おうひ》になれたら最高だったけど、キース様が私を愛してないなら結婚出来なくて良いです」

「僕達には選択肢《せんたくし》なんてないんだよ」

冷たい声で言われて、これは現実なんだとじわじわと実感した。

「どうして？　こんなことになるくらいだったら、公爵家でお婿《むこ》さんを貰《もら》って今と同じ生活をしていた方がよっぽど良かった！」

私は叫《さけ》んだ。なんで？　なんで？　なんでこんなことになったの？　あんなところで、こんな冷たい目をした、私を愛してないと平気で言い切る人間と生きていくなんて絶対に嫌《いや》よ。

「シンシア。それは君が当たり前に手に入れられた幸せだ。君はとても恵《めぐ》まれていたのに。何もしなくても、いや、何もしなければ、君は公爵家を継いで、シルバー公爵や母君と一緒に暮らしていけたのに」

「……『何もしなければ』？」

「マーガレットを虐げなければ。アクセサリーや、笑顔《えがお》や、婚約《こんやく》者を奪《うば》おうとしなければ。せめて国宝の聖なる水晶を割ろうとしなければ。たったそれだけで良かったのに」

キース様は、自嘲《じちょう》したように続けた。

「それは僕も同じだ。とても恵まれていたのに。優秀《ゆうしゅう》な側近達に囲まれて、聖女と結婚をして、国王になれたのに。……僕がマーガレットの話をたった一度でも真剣《しんけん》に聞いていたのなら。たったそれだけで良かったのに」

キース様の目は、とても暗かった。

じわじわと絶望を感じていた。

私もこれからきっとお父様やキース様と同じ疲《つか》れた顔をして生きていくのね。

第6章　彼女達と、彼の想い

◆カナンの不器用な告白◆

『我儘《わがまま》で意地悪なお姫《ひめ》様』。使用人達が、まだ七歳の私のことをこっそりとそう呼んでることは知っていました。けれど幼い私はそんなことは全く気にしていなかったのですわ。だって私は私なのです！　一度しかない人生ですもの、好きに生きるべきなのですわ！　それに間違っている人間には『間違っている』とちゃんと教えてさしあげることこそが公爵令嬢《こうしやくれいじよう》としての務めです！　私はそう信じていました。けれど初めて参加した王宮でのガーデンパーティーで、そんな私に天罰《てんばつ》が下りました。

「気味が悪いから友達もいなくて一人ぼっちでこんなところにいるのですわね」

私は、いつも使用人達に向けていたような、私にとっては当たり前の、本人のためだと思っての言葉を見知らぬ一人の小さい少女にぶつけました。そしてその瞬間《しゆんかん》、私の体は宙を舞《ま》ったのです。池で溺《おぼ》れてとても怖《こわ》かったですが、幸いにもすぐに救出されて、お屋敷《やしき》で温まりながら、私はお父様とお母様にお話をしました。

「どうして天罰が下るのですか。私は間違ったことは何も言っておりませんのに」

お父様もお母様も、『空を飛んで』の部分は私の妄想《もうそう》だと聞き流して、私がどこかの令嬢に何かを言った後で足を滑《すべ》らせて池に落ちたと解釈《かいしゃく》をしたようですが、私の質問には答えてくださいました。

「カナン。たとえそれが正しいことだとしても、相手が傷つくことはあるのだよ。それを言われた人間がどう感じるのか想像をしてごらん」

「人格についてはもう少し大きくなってから教育をすれば良いと思って、甘やかしてしまってごめんなさいね。せっかくのチャンスなのだから考えてごらんなさい。カナンが『天罰』だと思うということは、それが悪いことだと心のどこかで思っていたのでしょう？」

お父様とお母様の言葉を受けて、考えて、私は気付きました。これまでの私は、自分が正しいと思う言葉をぶつけるばかりで、それを投げつけられた相手の気持ちなど全く考えたことがなかったのです。……これは反省です。けれどやはり間違っていることは間違っているとしっかりお伝えすべきなのですわ！　だってそれだけは曲げられない私の信念なのですから。……

けれど言い方には少し気をつけることにします。

学園の入学式で、最初にマーガレット様をお見かけした瞬間に、私にはそれが七歳のガーデンパーティーで出会った『聖女』であるとすぐに分かりました。けれどマーガレット様は入学式の間、あろうことかずっと上の空でした。キース殿下《でんか》の婚約者で次期王妃ともあろう方がそんなことではいけないのですわ！　私はマーガレット様に正すべきことをお伝えしに行きました。その時になぜかルナ伯爵《はくしゃく》令嬢達がついてきたのには驚《おどろ》きましたが、彼女達にも次期王妃に対する確固たる信念があるのでしょう。

それからも私は気付いたことがあると、その都度マーガレット様にお伝えしていきました。やりすぎてしまい天罰が下った時もありましたが……。その時には、お父様とお母様の言葉を思い出して、自分自身の行いを反省しました。

私は、キース殿下にも、シンシア様にも、正しいと思うことをいつも正面から伝えて参りました。それでも彼らには私の言葉などはまったく響《ひび》いていないようでしたが。

ルイス様とマーガレット様の結婚式の日に、ルイス様を見つめるマーガレット様を見て、私は改めて思ったのです。やはりマーガレット様の人生に、馬鹿《ばか》王子もお花畑令嬢も必要なかったのですわ！　シンシア様は私を睨《にら》みつけてきましたが、私が近づこうとしたら、また苦言を呈《てい》されると思ったのかキース殿下の陰《かげ》に隠《かく》れてしまわれました。まったく情けないです！

澄《す》み渡《わた》った青空に輝《かがや》く七色の虹《にじ》の間から、純白のマーガレットの花びらが舞い落ちた時、その中心にいたマーガレット様とルイス様は新入生歓迎会《かんげいかい》のダンスパーティーの時と同じようにキラキラと輝く光で包まれたのです！　その輝きの中で、まるで女神のように微笑《ほほえ》むマーガレット様を見て、私は改めて確信をしました。

やはりマーガレット様こそが、聖女に相応《ふさわ》しいのですわ！

聖女の輝きに感動していた私ですが、隣《となり》にいたソフィア様が、シンシア様達の方向に視線を向けたことに気付きました。私もそちらに目線を向けると、シンシア様は嫉妬《しっと》に満ちたおぞましい顔をしてマーガレット様を見ていたのです。そんなシンシア様の表情を見て、キース殿下が驚愕《きょうがく》の顔をしております。……まさか初めてシンシア様の本性《ほんしょう》に気付いたのではないでしょうね。……あり得るのですわ。もしそうだとしたら信じられないほどの馬鹿王子です！　……けれどもしも、ダンスパーティーの夜に、キース殿下がマーガレット様の輝きを見ていたとしたなら何か変わっていたのでしょうか。……はっ。私としたことが、ついついキース殿下に同情しそうになってしまいました。元はと言えばキース殿下がマーガレット様を置き去りにして、シンシア様と踊《おど》っていたことがあの場所にいなかった原因なのですわ！　婚約者《こんやく》でもない女性に飲み物を吹《ふ》きかけられて彼女をなだめるためにそのままパーティーから抜《ぬ》け出すなど将来の国王として相応しくないのです！　やはり自業自得《じごうじとく》なのですわ！

「カナン様。マーガレット様が私達に手を振《ふ》ってくれています」

ついつい考え込んでしまった私はソフィア様の言葉に、顔を上げてマーガレット様を見ました。ソフィア様と私に向かって笑いながら手を振るマーガレット様は、やはり一点の曇《くも》りもなく輝いていたのですわ。

キース殿下とマーガレット様の婚約が解消されてから半年後に、私の妹のアリスが第二王子であるレオナルド様の婚約者に選ばれました。それからずっとアリスは、日々王妃《おうひ》教育に取り組んでいるのです。そんな妹を私は心から誇《ほこ》りに思うのです！

けれど最近アリスが、少し元気がない気がして、とても心配ですわ。

「アリス。何か心配事でもあるのですか？」

「カナン姉様……」

メイドに用意させたアリスの好きなダージリンティーを飲みながら私は聞きました。アリスは私の言葉にそっと瞳《ひとみ》を伏《ふ》せたのです。

「……私、マーガレット様のような完璧《かんぺき》な存在になれる自信がないのです……」

「誰《だれ》かに何か言われたのですか？」

「ふふっ。カナン姉様のようにはっきりとものを言われる方は滅多《めった》にいらっしゃいません。……教育係達は、シンシア様よりもずっと素晴《すば》らしい、と毎日褒《ほ》めてくださいますわ」

「アリスとシンシア様を比べてほしくもないですわ！」

「……マーガレット様と私を比べる方はいらっしゃいません。……だからこそ余計に不安になるのです……気を遣《つか》われているのではないかと……。マーガレット様がキース殿下の婚約者に選ばれたのは、私がレオナルド様の婚約者に選んでいただいたのと同じ十三歳の時です。……始まりが同じ年だからこそきっと比べられているのではと思うのです……。私は、マーガレット様のようには……本当は『聖女』ではないかと言われている方のようには、何もかも完璧になどできません」

暗い顔をして言ったアリスは、そのまま俯《うつむ》いてしまいました。

「マーガレット様は王妃教育を始められた当初から完璧だったのですか？」

「それは……。お母様がお亡《な》くなりになってから、シルバー公爵家《こうしゃく》では学ばせていただけてはいなかったのではないかと……。それでも学ぶ機会を得てからの吸収はすごかったと……。

日々成長していく姿はとても清々《すがすが》しかったと、メイド達が噂《うわさ》をしておりました……」

「ほら。すべてはマーガレット様の努力ですわ。学ぶ機会がなければ、たとえ聖女であっても無知なのですわ！　学んで、努力をすることで、誰もがなりたい自分に近づけるのです！　私はアリスの努力を知っているのですわ」

「カナン姉様……」

「それにマーガレット様は決して完璧な人間などではないのですわ！　私が何度苦言を呈したことか！」

「……えっ？　カナン姉様？　まさか私やメイド達に言っているようなことをマーガレット様にも言っているのですか？」

「当たり前ですわ！　私は、誰が相手であっても、言いたいことは言うのです！」

「……カナン姉様みたいな方が王妃になるべきだと思います……」

「マーガレット様は、決して私のようにはっきりと意見を言われる方ではございませんわ！　マーガレット様にも足りない部分はあるのです！　それでも人は、マーガレット様を完璧な淑《しゅく》女《じょ》だと言い、聖女だと言います。完璧かどうかなど所詮《しょせん》は個人の感覚なのです！　なので周りの目を気にしすぎる必要などないのですわ。アリスは、アリスが思う完璧を目指せば良いのです！」

「カナン姉様。ありがとうございます。……少し元気が出ました」

「レオナルド様とは、このような話をしないのですか？」

「レオナルド様は、どんなにお忙《いそが》しくても必ず王妃教育を受けている私に短い時間でも会いに来てくださいます。『いつも頑張《がんば》っているね』と励《はげ》ましてくださるのです」

アリスは嬉《うれ》しそうに言って顔を赤らめました。……べっ、別に羨《うらや》ましくなどないのですわ！

「……キース殿下は、マーガレット様の時は一度も顔を出さなかったと。シンシア様の時は毎日いらしては全く課題が終わっていないのにシンシア様に請《こ》われるがままにお茶に連れ出していたらしいのです」

「……その光景が目に浮《う》かぶようですわ」

「だからこそ学んでいる私の邪魔《じゃま》をせず見守って、励ましてくださるレオナルド様はとても素晴らしいと、メイド達は言ってくれるのです」

「私もレオナルド様にご挨拶《あいさつ》をさせていただきたいのですわ」

「……カナン姉様の場合は、ご挨拶だけでは終わらなそうで怖《こわ》いのです。……レオナルド様には厳しいことを言わないでくださいませね？」

「私は、たとえ妹の婚約者であっても、言いたいことは言うのです！」

「……絶対に会わせません」

「自ら会いに行くのですわ！」

「もうっ。カナン姉様ったら」

そう言ってアリスは笑顔《えがお》になりました。

「……レオナルド様に相応しい伴侶《はんりょ》となれるよう、私はこれからも日々努力をします」

しっかりと私に目線を合わせて言葉を紡《つむ》いだアリスを見て、私は確信しました。ソルト王国の未来は明るいですわ！

マーガレット様は、子供の頃《ころ》のガーデンパーティーでの出来事を私に謝ってくださいましたが、私はあの出来事には感謝すらしているのです。もしもですが、あの時に『私に言葉を投げつけられた人間がどう感じるか』そのことに気付けなかったとしたならば、私はきっと人の気持ちを考えることのできない人間になっていたかもしれません。マーガレット様の結婚《けっこん》式からもうすぐ一年が経《た》ちますが、私はいまだに素直《すなお》にマーガレット様に自分の気持ちを伝えられておりません。……だって自分の素直な気持ちを誰かにお伝えするなんて、恥《は》ずかしいのですわ。ですからもう少しこのままで、強情《ごうじょう》なままの私で、許してくださいませ。

いつかきっとマーガレット様に、この感謝の気持ちを素直に伝えてみせるのですわ！　それが私のこれからの目標なのです！

◆ソフィアの期待に満ちた夜◆

　マーガレット様とルイス様がご結婚されて、そろそろ一年が経つけど、明日《あした》はマーガレット様とカナン様が我が男爵《だんしゃく》家に遊びにいらっしゃる。そのことがとっても嬉しくて、楽しみすぎて、私は眠《ねむ》れなくなってしまった。だからマーガレット様との思い出を、思い返していた。

「どうか私《わたくし》めにミントを使ったお菓子《かし》を教えてください」

　マーガレット様の公爵家の料理長から、男爵家の中でも低ランクの我が家のシェフにそんな連絡《れんらく》が来たのはマーガレット様がルイス様と婚約をされてすぐ、という頃だった。

「すっごく気になる！　すぐに呼んじゃおう！」

　と大はしゃぎして言葉《ことば》遣《づか》いを執事《しつじ》に注意された。学園ではちゃんとしてるし、家の中でくらい自由にしたいのに。

「私めもお菓子は一通り作れるのですが、さすがに新しいお菓子を開発する技術は持ち合わせておらず、お恥ずかしいです」

マーガレット様から、私達がお菓子を手作りしていることを聞いて、なんとか助けてほしいと料理長はやってきた。

「でも、なぜ公爵家の料理長様がミントを使ったお菓子の開発などする必要があるのですか？」

憧《あこが》れの存在でもある公爵家の料理長様を前に緊張《きんちょう》しながら、我が男爵家のシェフは、極々《ごくごく》尤《もっと》もな質問をした。怪談《かいだん》風に公爵家の料理長様が語ったことは……。

「ある日、周りには誰もいない厨房《ちゅうぼう》の中で、私めの耳元から突然《とつぜん》、脳に語りかけるように声が響《ひび》いて、背筋がぞっとしました。その声はこう言いました。

（ミントを使ったオリジナルスイーツを作らせてやろうか）

言っている内容も意図が分からず、それはもう思わず叫《さけ》び声をあげてしまう程《ほど》の恐怖《きょうふ》だったのですが、その時は無理矢理《むりやり》気のせいだと思い込みました。しかしマーガレット様のお誕生日の後くらいから夢を見るようになったのです。草に溺《おぼ》れている私めに向かって、延々とミントを使ったお菓子の開発をねだる声がするのです。

（クッキーやショコラタルトにも負けず劣《おと》らずなミントを使ったスイーツの開発を急がせてや

ろうか）

（スイーツが完成したら草のソースで溺れさせてやろうか）

（ミントは万能《ばんのう》だと思い知らせてやろうか）

　最近では毎日のようにその夢を見てしまうのです。おかげで自慢《じまん》の髭《ひげ》もすっかりしょげてしまいました」

「草のソース？　あっ！　一度だけマーガレット様のお弁当が緑色だったことがあるのですが、あれは草のソースだったのですか？」

「……あれは、私めの過去の過《あやま》ちです」

　そう言って料理長は頭《こうべ》を垂れた。公爵《こうしゃく》家って変わった使用人が多いのかな？　メイド長が横領で捕《つか》まっていたし。

「公爵家って働きやすいんですか？」

　マーガレット様のことが心配で聞いてみたけど、料理長は真顔で躊躇《ちゅうちょ》なく答えた。

「給料が良いんです。ものすごく」

　隣《となり》でシェフの喉《のど》が『ごくり』と鳴った音が聞こえた。貧乏《びんぼう》男爵家でごめんよ。

何はともあれ私達はミントを使ったスイーツを考えていたのだけど、なかなか良いアイディアが思い浮かばず三人でうんうん唸《うな》っていた。その時、執事が紅茶のおかわりを持ってきてくれた。彼はマーガレット様の大ファンで、マーガレット様のお誕生日やキース殿下《でんか》との婚約《こんやく》が解消になった時には、シェフとシャーロットと四人で夜な夜なマーガレット様に贈《おく》るお菓子を作った、スイーツとマーガレット様大好き仲間なのだ。

「ミントを使ったスイーツですか？」

「そう。クッキーやショコラタルトにも負けず劣らずなもの。何かないかしら？」

ダメもとで聞いた私の質問に、執事はあっさりと答えた。

「オルタナ帝国《ていこく》では二十年前くらいにショコラミントを使ったお菓子が流行《はや》っておりましたよ」

その言葉に、料理長とシェフと私は顔を見合わせた。

「「「それだー！」」」

「ショコラミントクッキー？」

ランチの時にマーガレット様にお渡《わた》ししたら、とてもびっくりしていた。でもショコラミントクッキーを一口食べたマーガレット様は、とっても嬉しそうに笑った。この笑顔、すっかりお菓子作り仲間になった料理長や皆《みんな》にも見せてあげたい。

その日、家に帰ったら、庭がミント畑になっていた。庭師は、手入れしていた庭が突然ミント畑になって最初は少し落ち込んでいたけれど、最終的には「こりゃ良《い》いミントだ」と感心していた。ちなみに料理長の家は、ミントと草が半々だったらしい。

その後、マーガレット様は、私がショコラミントクッキーを持っていくと、いつもとても喜んでくれた。

卒業式の日も、『これからは毎日会えなくなりますから』とたくさん持って行ったショコラミントクッキーを、ルイス様と一緒《いっしょ》にとても幸せそうに頬張《ほおば》ってくれてとっても嬉《うれ》しかった。
実は私は、マーガレット様とルイス様がとても楽しそうに新入生歓迎会《かんげいかい》でダンスを踊《おど》られているところを見てから、秘《ひそ》かに二人はお似合いだと思っていた。それに婚約されてからは、マーガレット様とルイス様は放課後は、毎日一緒に図書館で勉強されていて、それはもう仲睦《なかむつ》まじかった。マーガレット様の左手薬指にはいつもルイス様から贈られたマーガレット様の瞳《ひとみ》の色である青色の宝石がついた婚約指輪がはめられていた。きっとルイス様の瞳は茶色だから、マーガレット様の瞳の色のものにしたんだろうな。良いなぁ。

卒業式でも相変わらず仲睦まじいお二人の様子を、思わずうっとりしながら見つめていた私は、マーガレット様が、新入生歓迎会の時と同じブローチを着けていることに気付いた。そのブローチは、公爵令嬢《こうしゃくれいじょう》がするような上等なものではなさそうだったけれど、マーガレット様はとても嬉しそうに触《さわ》っていた。私は、初めてそのブローチを見た時に、なんだか見覚えがある気がして思わず見つめてしまったけれど、新入生歓迎会の時にはそれをどこで見たのか最後まで思い出せなかった。だけど後日、執事が着けている青色のタイピンがマーガレット様の着けていた緑色のブローチとまるでペアのように似ていることに気づいた。

執事は、いつでもそのタイピンをしていた。

私がその事をマーガレット様にお伝えしようとした時、
「マーガレット様！　そのようなブローチは、次期宰相《さいしょう》夫人には相応《ふさわ》しくないですわ！」
カナン様がいらっしゃって、すっかりタイミングを逃《のが》してしまった。もはや構ってほしいラブコールのようにさえ思えてきたカナン様からマーガレット様への苦言を聞いているうちに、すっかりそのことは忘れてしまったんだったわ。

明日、マーガレット様にそのことを伝えよう。あっ。でも直接執事を紹介《しょうかい》すれば良いか。マーガレット様の大ファンである執事は、明日のためにそれはそれは張り切って貧乏男爵家には普段《ふだん》はとても手が出ないような最高級の茶葉を用意して、メイド達には応接室やお手洗い等マーガレット様が立ち入る可能性のある場所を丁寧《ていねい》に掃除《そうじ》するように指示をしていた。もともとマーガレット様のお屋敷《やしき》で働いていたというシャーロットは、そんな執事《しつじ》の指示を受けて嬉々《きき》としてお屋敷中をピカピカにしていた。そしてそんな二人の働きぶりに、自分も何か準備をしなければと焦《あせ》ったシェフは、マーガレット様とカナン様はショコラミントクッキーを作りにいらっしゃると伝えていたのに、大量にショコラミントクッキーを作ってしまい、我が家の今晩の夕食はショコラミントクッキーになった。

執事は、いつもマーガレット様の話を聞きたがった。マーガレット様が楽しそうだったと言えば一緒に笑った。キース殿下との婚約が解消となった時には本気で怒《おこ》り、マーガレット様が少しでも元気になるようにと毎日一緒にお菓子《かし》を焼いた。ルイス様との結婚式《けっこんしき》の様子を話した時には緑色の瞳を輝《かがや》かせて、心から嬉しそうに聞いていた。

マーガレット様の話を聞いているときの執事は、いつも、とっても幸せそうだった。

こんなおじさんまで虜《とりこ》にしてしまうマーガレット様は本当にすごいなぁ、ってこっそり執事をおじさん呼ばわりしたことは内緒《ないしょ》だ。

学園を卒業してすぐに行われたマーガレット様とルイス様の結婚式は、とっても素敵《すてき》な式だった。信じられないことに、空からマーガレットの花びらが降り注いだ。そしてなんとその花びらは世界中に飛んでいって、

病《や》める人の許《もと》では薬になり、
飢《う》える人の許ではパンになり、
窮《きゅう》する人の許では金貨になった。
――それは涙《なみだ》がでるほど美しい光景だった――

マーガレットの花びらが舞《ま》い散る青空の下でマーガレット様とルイス様はとても愛《いと》しそうにお互《たが》いを見つめていた。なんだかお二人の周りで天使達が踊っているような幻《まぼろし》さえ見えた。

「これぞ聖女の結婚式ですわ！」

カナン様が、思わず、というには大きい声で言ってしまったので、私は少しあわあわして周りを見てしまった。一応シンシア様の聖女の儀式《ぎしき》までは『シンシア様が聖女の可能性が高い』というのが公式見解だから。だけどカナン様の下手をしたら不敬にもなりかねない言葉に反論する人は誰《だれ》もいなかった。きっと誰もが本当は心の中で思っていたことだっただろうから。

だけどたとえばもしも、マーガレット様が聖女でなかったとしたって、きっとマーガレット様は誰からも愛される優《やさ》しくて立派な王妃《おうひ》になったのだと思う。だからこそキース殿下との婚

約の解消はそれはもう貴族側でも庶民《しょみん》側でも大騒《おおさわ》ぎになった。私はこっそりキース殿下を見た。キース殿下は今まで見たこともないような険しい顔をしてシンシア様を見ていた。……キース殿下は、どうしてマーガレット様を手放したりしたんだろう。今日のマーガレット様は今まで見たどんな時よりもとっても輝いていて幸せに満ち溢《あふ》れているから、あの婚約解消はきっと結果的にはマーガレット様にとっても幸せなことだったんだろうなと思う。でも、今、シンシア様を見ているキース殿下は、なんというか……あまり幸せそうには見えなかった。だけどきっと私が知っている事実だけでない、キース殿下にとっての真実があったんだろう。

真実は、人の心の数だけあるものだから。

カナン様についてだって同じだ。マーガレット様やシンシア様にいつも突撃《とつげき》しては言いたい放題言っている姿から、一部の生徒達の間で『当たり屋』と呼ばれて恐《おそ》れられていた。一方、マーガレット様との婚約を解消されてからは、キース殿下のところにも突撃していたので、その一貫《いっかん》した姿勢に一部の生徒からは『姉御《あねご》』と呼ばれて敬われていた。私は、カナン様の、本当はとっても可愛《かわい》らしいところを皆に知ってほしくて、こっそりカナン様の可愛いエピソードを布教していた。ところがそれをカナン様に知られてしまい、マーガレット様と一緒の時にとっても怒られた。

「余計なことをしないでくださいませ！　……私の良いところなど、貴女《あなた》達二人が知っていればそれで良いのですわ！」

……何それ。最高に可愛い。気が強いという事実だけを見てカナン様を怖《こわ》いと言っている人達に、私にとっての真実のカナン様を知ってほしいと思ったから、私は皆《みんな》にそのエピソードを披露《ひろう》して回った。その後カナン様に『意地っ張りの天使』というふたつ名がついたことは本人には内緒だ。


　思い出は尽《つ》きないけれどそろそろ眠《ねむ》くなってきたから、やっと眠れるチャンスかも。あぁ。明日《あした》がマーガレット様とカナン様にとって素敵な一日になるといいなぁ。どうか二人にとって、素敵で幸せな一日になりますように……ｚｚｚ。


　眠りに落ちる寸前に、私はマーガレット様と初めてお話しした時のことを思い出していた。

私は、学園でずっとマーガレット様に憧《あこが》れていた。カナン様達に何を言われてもまったく動じず、いつもクールで美しいマーガレット様を『かっこいいなぁ』って、ずっと。だけど身分が下の私から話しかける勇気なんてなくて、私はいつもただマーガレット様を見つめているだけだった。だけど執事にその話をしたら、執事はとても真剣《しんけん》な顔をして言ったんだった。

「きっとマーガレット様には、お友達が必要なんだと思います。ソフィア様ならマーガレット様の良い友人になれると思います。……どうか、マーガレット様とお友達になってあげてください」

　執事のその言葉があったから。だから私はあの日、マーガレット様に初めてお声をかけていただいたあの日に、勇気を出して言えたんだ。

『……あのっ、本当はずっとマーガレット様とお話しさせていただきたかったのです。……またお話しさせて頂いてもよろしいでしょうか？』

　そうだった。私とマーガレット様がお友達になるきっかけとなったその勇気をくれたのは。

私とマーガレット様の物語の始まりは。

すべての始まりは、執事のあの言葉からだったんだ……zzz。

◆ルイスの願い◆

マーガレットと結婚して一年が経《た》とうというのに、僕はまだ時々信じられない気持ちになる時がある。マーガレットが僕の隣《となり》にいることが。毎日一緒《いっしょ》に食事をしていることが。学園では上の空の時にだけ浮《う》かべていた幸せそうな笑顔《えがお》を僕に向けてくれることが。現実なのだろうか？　と。こんなに幸せで良いのだろうか？　と。

僕は、七歳の時に出席したガーデンパーティーでマーガレット様親子を見かけていた。自分の母親に向かって明るい表情で無《む》邪気《じゃき》に笑うマーガレット様のことを、その時すでに僕は、とても可愛いと思ったのだ。そしてマーガレット様の母親は、とても美しかった。優しい笑顔の、美しい女性。きっと『聖女』とはああいう方なのだろう。その日から僕はずっとそう信じていた。だからその理想を崩《くず》すような祖母の言葉を僕は許せなかった。激怒《げきど》して、そのまま祖母の言葉も聞かずに祖母の前から去った。そして僕はそのことを生涯後悔《しょうがいこうかい》することになる。謝ることも出来ないまま祖母は亡《な》くなってしまったから。

それから僕の中で『聖女』は、ほんの少し苦い思い出になった。

学園で、成長したマーガレット様の様子を知った僕は、とても驚《おどろ》いた。キース殿下《でんか》の婚約《こんやく》者として幸せに満ちているだろうはずの彼女は、七歳のガーデンパーティーの時とはまるで変わっていた。母親と一緒にあんなに無邪気に笑っていたのに、学園では、いつも無表情で、時々上の空になる時だけ楽しそうに見えた。

公爵《こうしやく》家では、異母妹《いもうと》ばかりが優遇《ゆうぐう》されているだろうことは噂《うわさ》で聞いていた。そもそも公爵自体、妻が死んで一年もしない内に愛人を自宅に連れ込むなんて信じがたい。学園では、カナン公爵令嬢《れいじよう》達にいつも絡《から》まれていることも知っていた。それに、いつも公平で誰に対しても真《しん》摯《し》に向き合っているキース殿下がなぜか婚約者のマーガレット様に対してだけは、一線を引いていることに気付いた。

「キース殿下。マーガレット様とお話はされないのですか？」

「……マーガレットは妹を虐《しいた》げているんだよ……」

たまらず聞いたら返ってきた言葉は信じがたいものだった。

なんとかマーガレット様の状況《じようきよう》を改善できないかと思っていた僕は、気付いたらマーガレット様に話しかけていた。だけど何を伝えれば良いのか、どう伝えれば良いのか、今までになく焦《あせ》ってしまい、関係のない令嬢達のことばかり言ってしまい、自分自身、話している途中《とちゆう》で自己嫌悪《けんお》に陥《おちい》るようなものだった。そしてマーガレット様から言われた言葉で、僕は自分自身を恥《は》じた。動揺《どうよう》していたとはいえ、確かに僕が言った言葉は本来であれば、カナン公爵令嬢に言うべきことだ。自分自身の卑怯《ひきょう》さに嫌気《いやけ》がさして、マーガレット様の前から逃《に》げてしまった。

　正直に言うと、マーガレット様の気の強さに驚いてもいた。僕はマーガレット様のことを、まるで聖女のようだった母親のように、か弱い女性だと思っていたのだ。だけどそれすら僕の勝手な思い込みにすぎなかった。話をすればするほどマーガレット様の色々な顔が見えた。オルタナ帝国《ていこく》の歴史書を読んでいる時の真剣な顔。僕の眼鏡がずれた時のいたずらっぽい顔。時折見せる僕の発言に怒った時の顔。そして僕自身に向けてくれる笑顔。マーガレット様は、キース殿下が言っているような方ではないと確信できた。だから僕は何度も殿下に『もっとマーガレット様と話をしてほしい』とお伝えした。マーガレット様を本当に幸せに出来るのは婚約者であるキース殿下だけなのだから。……だけど結局殿下はただの一度たりとも本当のマーガレット様を見ようとはされなかった。

「キース殿下は、シルバー公爵家のマーガレット様との婚約を解消して、次女のシンシア様と婚約をされることが内密に決まった」

　宰相《さいしょう》である父親からそれを聞かされた時には、ただマーガレット様のことが心配だった。僕は、ずっとマーガレット様にはキース殿下の隣で幸せになってほしいと思っていた。マーガレット様が上の空になっている時以外の時間も、キース殿下と笑顔でいられるために自分に出来ることはしたいと思っていた。だけど……。僕は生まれて初めて心から何かを望んだ。

「ルイスがそれで後悔をしないのなら」

意外なことに、父はあっさりとマーガレット様を迎《むか》えたいという僕の願いを受け入れてくれた。父自身が、祖母から『聖女様は時々上の空になることがあった』という言葉を聞かされており、ずっとマーガレット様のことを見守っていたのだ。

「聖女でなくてもマーガレット様は努力家でひたむきな素晴《すば》らしい人間だ」

それは僕だけでなく、今までずっと王妃《おうひ》教育に真剣に取り組むマーガレット様を見てきた方々の認識《にんしき》であることが僕はとても嬉《うれ》しかった。だからその分、どうしてキース殿下は、ただの一度でもマーガレット様自身を、シンシア様の姉としてではなく一人の人間として見てくださらなかったのか悔《く》やまれてならなかった。

結局僕はマーガレット様へのプロポーズも『恋愛《れんあい》小説のような』気の利《き》いた言葉で伝えることは出来なかった。それでもマーガレット様は、笑ってくれた。

マーガレット様と結婚《けっこん》をしてまだ間もないころ、いつものように十時に就寝《しゅうしん》した僕は、とても不思議な夢を見た。その夢の中で僕は、三人の天使達に囲まれていた。

「……君達は？」

（私はくっきー）

（僕はしょこらー）

（みんとだ）

（（マーガレットの友だちー））

マーガレット様の友達？　困惑《こんわく》する僕を余所《よそ》に天使達は話し続けた。

（めがねは夢の中でも眼鏡ー）

（そんなめがねに僕たちからプレゼントー）

（手紙は二通あったと思い知らせてやろうか）

そんな声とともに僕の手元には突然《とつぜん》一通の手紙が舞《ま》い落ちてきた。
「この手紙は……？」

（マーガレットのママからの手紙だよー）
（今日までずっと僕たちが持ってたのー）
（心して読ませてやろうか）

マーガレット様のお母様の？　僕は訝《いぶか》しみながらもその手紙を読み始めた。

未来のマーガレットの大切な方へ

突然のお手紙で驚かせてしまい大変申し訳ございません。初めまして。それとも、もしかしてお会いしたことのあるお方でしょうか？　私は、マーガレットの母親で、スカーレット・シルバーと申します。貴方《あなた》様と直接お話をすることは、私にはもう叶《かな》いそうにないのでこの手紙を書きました。この手紙は、マーガレットの強い味方に託《たく》すつもりでおります。

マーガレットがいつか結婚をしたその時に、どうかマーガレットの大切な旦那《だんな》様に届けてくださいますようにと。

私は貴方様に御礼《おれい》を伝えたいのです。

マーガレットを愛してくれてありがとうございます。

公爵家の一人娘《むすめ》であるマーガレットの結婚は、もしかしたら本人の意志とは違《ちが》うものかもしれないとも考えました。けれど、マーガレットにはとても強い味方がおりますので、きっとこの結婚はマーガレット自身の意志であるものだと信じています。十歳のマーガレットはいつも笑っていて、たくさん話をしてくれる明るくて元気な女の子です。私にはもうこの先のマーガレットの成長を見守ることはできませんが、貴方様と結婚をしたマーガレットが十歳の時と同じように、いつも笑っていることを祈《いの》っております。

貴方様の目にはマーガレットはどのように映っておりますでしょうか？

貴方様から見たマーガレットには、もしかしたら他《ほか》の人間とは違うと感じるようなところもあるかもしれません。願わくは、そのようなところもすべて含《ふく》めてマーガレットという人間であると思っていただきたいのです。マーガレットは私のたった一人の大切な娘です。貴方様にとってもマーガレットが、たった一人の人間であることを祈っています。これからもずっと私は、マーガレットと、そしてマーガレットの大切な旦那様である貴方様の未来の幸せを祈り続けます。マーガレットが心から愛する貴方様と一生を共に幸せに生きていけますように、と。

一つだけ貴方様へお願いがございます。マーガレットの母である私から貴方様への最初で最後の、ただ一つのお願いでございます。

どうか、これからもずっと一人の人間としてマーガレット自身を見つめて、愛してあげてください。

マーガレットの母より

　手紙を読み終えると同時に僕の意識は飛んだ。気がついたら朝になっていて、夢で見た手紙が机の上に置かれていた。僕はすぐにマーガレット様にその夢の話をした。僕の話を聞いたマーガレット様はとても驚《おどろ》いた顔をして、いつものように上の空になった後で、今にも泣きそうになっているように見えた。それからとても嬉しそうに僕が渡《わた》したその手紙を抱《だ》きしめていた。

天使達の件のように、マーガレットには他の人間にはないような不思議な力があるのではないか？　と思ったことは一度や二度ではない。マーガレットに聞いてみようかと思ったことだってある。だけどそんなことは聞く必要がないというのが僕の結論だ。……本音を言うと眼鏡の件だけは少し困っている。マーガレットと一緒《いっしょ》にいる時だけ、尋常《じんじょう》ではなく眼鏡がずれて、冬でもないのに曇《くも》るのだ。……だけどそんな時にはマーガレットはいつもとても楽しそうに笑っているか、いたずらっぽい顔をして僕を見つめて微笑《ほほえ》んでいるので、その顔を見ると僕はそれだけで幸せだと思ってしまう。

マーガレットに不思議な力があろうとなかろうとどちらでも良《い》い。マーガレットに不思議な力があったとしても、なかったとしても、僕の願いはいつだって一つだけだ。

マーガレットが幸せであればいい。叶《かな》うなら、僕の隣《となり》で。

第7章　ずっと探していた人

（五時四十五分ーめがねの起きる時間ー）

（めがねすごーい今日も時間通りー）

（永遠に目覚めない眼鏡にしてやろうか）


ルイスと結婚してからもうすぐ一年が経《た》つ。それでも妖精《ようせい》さん達は、ルイスが目覚まし時計も使わずに必ず五時四十五分に目を開けるのがとても楽しいらしく、毎日パタパタ飛んで喜んでいた。そんな妖精さん達を見て私も、毎日朝から思わず笑ってしまっていた。

「ルイス。おはよう」

「マーガレット。おはようございます」

朝起きて、おはようと言い合うことができるのがとても幸せだった。『挨拶《あいさつ》を返してくれる人がいる』たったそれだけのことが、私にはとても特別なの。

おばあ様に会いにオルタナ帝国《ていこく》に行き、帰国してすぐの頃《ころ》に、私は学園で、ありえない人物からの呼び出しを受けた。その人物とは、私のためにキース殿下《でんか》に詰《つ》め寄っていた現場を目撃《もくげき》してから妖精さん達にも大人気となった、レオナルド様だ。

（私レオのこと好きー）

（ソフィアとおんなじ優《やさ》しい空気ー）

（大好きだと毎日思い知らせてやろうか）

「レオナルド様。どうしたのですか？」

「マーガレット様に会いたくて来ちゃった。授業があるのに呼び出してごめんね。でもどうしても誰《だれ》にも見られたくなかったんだ」

「学生でないのによく学園に入れましたね？」

「ハンクスに頼《たの》んだんだ」

レオナルド様の言葉に私はハンクス様に目線を向けた。キース殿下の専属護衛であるハンクス様は、私が小さい時からいつもキース殿下を優しい瞳《ひとみ》で見守っていた。

「兄上が授業の間だけはハンクスも自由になれるからね」

レオナルド様はいたずらっぽく笑った後で、真面目《まじめ》な顔をして私を見つめた。

「マーガレット様。兄上とのことは本当にごめんなさい。僕にこんなことを言う権利はないけど、マーガレット様を『姉上』と呼べなくなったことがとても悲しいんだ。だけどマーガレット様とルイスの婚約《こんやく》が決まったことは本当に嬉《うれ》しいよ」

私は、王族なのに、自分のせいでもないのに、こんな私にお詫《わ》びをしてくださるレオナルド様のお心遣《こころづか》いを本当に嬉しく思った。

「レオナルド様。ありがとうございます。そのように言っていただけただけで十分すぎるくらいです」

「ありがとう」

私とレオナルド様は目を合わせて微笑み合った。

（レオってば良い奴《やつ》ー）

（本当にクソ王子の弟ー？）

(やはり毎日愛のメッセージを届けてやろうか)

みんと。多分レオナルド様が驚いて寝《ね》られなくなってしまうからやめてあげてね？

「レオナルド様。あと三十分で授業が終了《しゅうりょう》します」

ハンクス様がレオナルド様に告げると、レオナルド様はとても真剣《しんけん》な顔つきになった。

「マーガレット様に伝えたいことがあるんだ」

「……何でしょうか？」

「マーガレット様は、オルタナ帝国で起きたありえないほどの奇跡《きせき》の話は知っている？」

「……ありえないほどの奇跡？」

首をかしげる私に、レオナルド様はオルタナ帝国で起きたといわれる奇跡の話を教えてくださった。

「オルタナ帝国では、つい最近突然《とつぜん》大地が光り輝《かがや》いたということだよ。そしてみるみるうちに涸《か》れた畑や、枯《こ》渇《かつ》していた湖が復活した。それだけでなく、王族や、私腹を肥やしていた貴族の許《もと》には、巨大《きょだい》な蜂《はち》が現れて、彼らの資産を奪《うば》ったんだ。そしてその資産は貧しい市民にばら蒔《ま》かれ、飢《う》える直前の市民を潤《うるお》したという奇跡の話だよ」

レオナルド様のお話に驚いた私は、思わず妖精さん達を見た。

（だってマーガレットが祈《いの》ったからー）

（僕たちはマーガレットのお願いは叶えたいのー）

（マーガレットの喜びが我々自身の望みだと気付かせてやろうか）

くっきー、しょこら、みんと。ありがとう。オルタナ帝国の皆《みな》さんを救ってくれて本当にありがとう。

妖精さん達の力はすごい。私には祈ることしか出来なかったのに、それを形にしてオルタナ帝国を救ってくれた。感謝しつつ私は心に誓《ちか》った。それでも妖精さん達の力を借りるだけでなく、私は私自身に出来ることを少しずつでも考えて実行していかなくては、と。

「マーガレット様。奇跡はとても素晴《すば》らしいけれど、僕の周りでは少し困ったことが起きているんだ」

「……困ったこと、ですか？」

「マーガレット様は、最近オルタナ帝国に行ったでしょう?」

「……はい」

「マーガレット様がオルタナ帝国に行った時に奇跡が起きたということと、『蜂』というキーワードのせいで、国の重鎮《じゅうちん》達の中で『聖女の儀式《ぎしき》』は誤りで、マーガレット様こそが『聖女』だと考える者が増えているんだ」

「……私は聖女ではありません……」

「だけどマーガレット様とルイスの婚約を解消させて、マーガレット様を僕の婚約者にしようと考える者まで出てきているんだ。聖女だという理由で王族と強制的に婚約などさせられないのは当然のことなのに、愚《おろ》かだよね」

レオナルド様は悲しそうに俯《うつむ》いた後で、悔《くや》しそうに顔をあげた。

「第二王子に過ぎない僕には力が足りなくて、重鎮達を抑《おさ》えることができなくて悔しいんだ。僕にもっと力があればマーガレット様の幸せを守れるのに」

「……レオナルド様……」

「だから力を貸してほしいんだ。マーガレット様の幸せは、きっとルイスと結婚《けっこん》することだから」

そう言って、信じられないことにレオナルド様は、妖精《ようせい》さん達の方を見た。きっと妖精さん達が見えているわけではなくて、さっき私が見ていた方向を見ているだけだろうけど。……でもレオナルド様はまさか妖精さん達のことを知っているの？

（レオ任せてー）

（僕たちがマーガレットの幸せを守るのー）

（言われなくてもそのつもりだ）

妖精さん達はとても嬉しそうにレオナルド様の周りを飛び回った。きっとレオナルド様から頼《たよ》られて嬉しかったのね。だけど……。

「……レオナルド様はもしかして知っているのですか？」

「僕は何も知らないよ？　『聖女』かどうかは国宝の『聖なる水晶《すいしょう》』が決める。そうでしょ？」

レオナルド様は優しく笑った。その笑《え》顔《がお》は、十三歳とは思えないほど大人びた笑いだった。

「マーガレット様は『聖女』ではないけれど、ソルト王国の大切な国民の一人だから、第二王子である僕が国民の幸せを願うのは当然のことだよね？　ねぇ、マーガレット様。僕の願いは叶《かな》いそうかな？」

「……はい」

「そうか。良かった」

レオナルド様は今度はいつもの明るい顔で笑った。


学園の卒業式の日には、ソフィア様がすっかり定番になったショコラミントクッキーを持ってきてくださった。初めてソフィア様のショコラミントクッキーを食べたルイス様は感心したように言った。

「とても美味《おい》しいです。マーガレット様にオルタナ帝国《ていこく》のお土産《みやげ》でいただいたものよりも優《やさ》しい味がします」

ソフィア様はとても嬉しそうに、ほんの少し照れくさそうに、ルイス様に答えた。

「私達のショコラミントクッキーには、マーガレット様への愛情がたっぷり入っていますから。きっとそれで市販《しはん》の物より優しい味になっているのだと思います」

ソフィア様達の愛情がとても嬉しいわ。私も思わず照れてしまった。


（マーガレットの卒業式ー）

（クソ王子たちともこれでお別れだねー）

（やはり最後に王子とシンシアに念願の急所突《つ》きを食《く》らわせてやろうか）

絶対にダメよ！　ほら。ソフィア様がショコラミントクッキーを作ってきてくださったの。後で一緒《いっしょ》に食べましょうね？

（ショコラミント味のクッキー）

（ショコラが味の決め手だよー）

（やはり主役はミントであろう）

私が妖精さん達とお話ししている時に、いつものごとくカナン様がやっていらっしゃった。

「マーガレット様！　そのようなブローチは、次期宰相《さいしょう》夫人には相応《ふさわ》しくないですわ！」

「カナン様。マーガレット様は何を身に着けていても美しいです」

ルイス様が当たり前のように真顔で答えたので私は胸が高鳴ってしまった。そしてルイス様はそのまま私に話しかけた。

「マーガレット様。そのブローチもとても似合っています。新入生歓迎会《かんげいかい》のダンスパーティーでも着けていましたよね」

「……よく覚えていましたね？」

「マーガレット様のことなら何でも覚えています」

そう言って優しく笑うルイス様に、今度こそ私の顔は真っ赤になってしまった。

（めがねってばやるー）

（トマト畑決定ー）

（念願のトマトで眼鏡割りも決定してやろうか）

「二人の世界に入らないでくださいませ！」

カナン様の叫《さけ》びで私は現実に戻《もど》った。

「カナン様。マーガレット様がお好きなのは分かりますが、さすがに今のは邪魔《じゃま》してはダメですよ」

ソフィア様の言葉に、カナン様はさっきの私と同じくらいに真っ赤になっていた。

「なっ!? 何を言うのですかっ！ 私はマーガレット様に次期宰相夫人としての心得を説いているだけなのですわ！ 決してマーガレット様のことを好きなどとはっ！ ……ほっ、ほんの少しだけですわ」

とても可愛《かわい》らしいカナン様に、私達三人は思わず顔を見合わせて笑った。

「なんなんですの！　もう卒業式が始まりますから私は先に行くのですわ！」

カナン様はそう言って走り去っていった。いつも通りのカナン様の嵐《あらし》のような行動に、私達はまた笑ったのだった。


学園を卒業してすぐの頃《ころ》、ルイス様との結婚式の前日に、私は数ヶ月ぶりにお父様の書斎《しょさい》に呼ばれた。

「お前を自分の娘《むすめ》だと思った事など俺はない。モーガン伯爵《はくしゃく》家に嫁《とつ》いだら俺はお前と縁《えん》を切る」

私が書斎に入った瞬間《しゅんかん》に、お父様は堂々と宣言した。これはこの家での最後の夜まで嫌《いや》みを言われるのかしら？　私は覚悟《かくご》したけれど、その後でかけられたのは私の想像とは全く違《ちが》う言葉だった。

「……お前は、俺の知らないところで幸せになれば良《い》い」

「……えっ？」

「……お前はただの人間だ。それなのに今まですまなかった」

お父様は私に頭を下げた。予想外のことに私は驚《おどろ》いて、何も言えなくなってしまった。お父様は義母と一緒にお母さまを悪く言う時にはいつも眉《まゆ》を寄せていたけれど、今日はそんな顔はしていなかった。

「もうシルバー公爵《こうしゃく》家のことは忘れて良い。……幸せになりなさい」

「……お父……様……」

「もう話は終わった。出ていきなさい」

何かを伝えたいと思ったけれど、何も言えなかった。お母さまが亡《な》くなってからルイス様と婚約《こんやく》をするまでの六年間はあまりに辛《つら》くて、私にとってはあまりに長すぎた。だから、涙《なみだ》が出そうになったけど、気付かないふりをして私はお父様に言われるがまま部屋から出た。

結婚《けっこん》式の当日はとてもよく晴れていた。ウェディングドレス姿の私を見たルイス様は、顔を赤くした。

「マーガレット様。とても……とてもキレイです」

ルイス様の言葉に私の顔も赤くなるのを感じた。このままではまた妖精さん達にお庭をトマト畑にされてしまうわ。

「……マーガレット様。僕は貴女《あなた》を幸せにしたいと考えています」

「ルイス様。私はすでにとても幸せになってしまいました。……恋愛《れんあい》小説だったら今日がハッピーエンドです」

「僕はまだ恋愛小説を読んだことがないのです」

「ルイス様と結婚をすることが私の幸せだということです」

「僕は面白《おもしろ》いことの一つも言えません」

「結構面白いことを言っている気もしますが。ルイス様は、お母さま以外で初めて私自身と話をしてくれた人です」

「……話、ですか？」

「公爵家では、誰《だれ》も私に話しかけませんでした。キース殿下《でんか》は、私の話を信じていませんでした。王妃《おうひ》教育では、キース殿下の婚約者として必要なものを詰《つ》め込まれていただけです。王妃様とレオナルド様は優しくしてくださいましたが、あの時はそれは私がキース殿下の婚約者だからだと思っていました。カナン様は、あの時は私が次期王妃だからと苦言を呈《てい》していただけです。ルイス様も、初めは私がキース殿下の婚約者だから話しかけてきたのだと思いました。けれど、ルイス様は何度も何度も私に話しかけてくださいました。私の話を聞いて、ご自分の話をしてくださいました。私は初めて、ただのマーガレットとして、人間と対話をしたのです。……だからルイス様と一緒に生きていきたいと思ったのです」

「終わりではありません」

「なんの話ですか？」

「先ほどハッピーエンドとおっしゃったでしょう？　貴女と僕の人生はこれから始まるのです。幸せにします。これからずっと。貴女の話を聞きます。僕の話も聞いてください」

「……はい」

「もし、マーガレット様が道を誤りそうになったら僕が止めます。もし、僕が過《あやま》ちを犯《おか》そうになったらマーガレット様が止めてください。初めてお話をした日にマーガレット様が僕の弱さや卑怯《ひきょう》さを指摘《してき》してくださったおかげで僕は道を誤らないでいられたのです」

「……結婚式の前に花嫁《はなよめ》を泣かせないでください。……私もルイス様を幸せにします。これからずっと」

結婚式は教会の広場で行われた。青空の下で私達は皆様《みなさま》の前でお互《たが》いへの愛を、これからの人生をずっと一緒に歩むことを、誓《ちか》った。結婚指輪の交換《こうかん》をした後には、プロポーズの返事の時よりも大きな虹《にじ》が空にかかった。

くっきー、しょこら、みんと！

（私たちからのプレゼントー）

（マーガレットおめでとうー）

（今日こそは祝福のシャンパンで溺《おぼ》れさせてやろうか）

本当にありがとう！　私が今日という日を迎《むか》えられたのは、皆《みんな》のおかげだわ。

（私たちに魔《ま》法《ほう》が使えなくても側《そば》にいるだけで幸せってマーガレットは言ってくれたの―）

（そんなこと言ってくれたのは今までの愛《いと》し子にだって誰もいなかったの―）

（この喜びを形にしてやろう）

直後、空からはマーガレットの花びらが降り注いだ。

「今日はカナン様とご一緒《いっしょ》にソフィア様のお屋《や》敷《しき》を訪問されるんですよね？」

「えぇ。ショコラミントクッキーの作り方を教わってくるわ」

在学中のランチの時にショコラミントクッキーを食べたカナン様は、『とっても美味《おい》しいのですわ！』とその味にとても感動していた。今回のソフィア様のお家へのご訪問もカナン様のご提案なのよね。

「次期王妃になるべく日々努力しております妹のために、ショコラミントクッキーを差し入れしたいのですわ！」

私もルイスが好きなショコラミントクッキーを自分で作りたくて是非《ぜひ》にとお願いをした。お二人とも快諾《かいだく》してくださって嬉《うれ》しかった。

「次期宰相《さいしょう》夫人たるものお菓子《かし》の一つや二つ作れるべきなのですわ！」

「我が家の皆が喜びますので、是非お二人でいらしてください。シャーロットもいつもマーガレット様にまたお会いしたいと言っているのですよ？」

ちなみにその話を聞いていた妖精《ようせい》さん達は、喜びのパタパタダンスをしていた。

（マーガレットがクッキー作るのー？）

（僕たちもショコラ食べたいー）

（最高のミントになるようにパタパタダンスで応援《おうえん》してやろうか）

私は、初めてお友達のお家にご訪問させていただけることがとても嬉しくて、ずっと今日を楽しみにしていた。実は昨日の夜は、今日が楽しみでなかなか寝《ね》付《つ》けなかったのよね。ルイスは、そんな私の浮《う》かれ具合を楽しそうに眺《なが》めていた。

「僕もとても好きなので、お土産《みやげ》を楽しみにしています」

「お菓子どころか料理も作ったことがないから、上手に出来るかわからないけど……」

「マーガレットが作ったものなら僕にとってはなんでも美味しいです」

ルイスは時々さらっと私を喜ばせることを言うので、私はついつい照れてしまう。そしていつも照れ隠《かく》しをしてしまう。

「ところでルイス。敬語！」

「……すみません。僕は今まで誰とも敬語以外で話をしたことがないのです」

「少しずつ、ね」

「お名前を呼び捨てにするのに一年かかりましたので、時間はかかると思いますが、努力しま……するよ」

ルイスの言葉に私達は同時に笑った。何気ないこの日常がとても幸せだった。結婚式の日のルイスの言葉通り、この一年間ずっと私は幸せだった。くっきーがいて、しょこらがいて、みんとがいて、ルイスがいる。それがどれだけ恵《めぐ》まれていることか、当たり前の日常になったとしてもきっと私は忘れない。どんなに辛い時もずっと側にいて私を助けてくれた強い強い味方達と、私に特別な力なんかなくても、私自身を見つめて愛してくれた、私がずっと探していた特別な人。お母さまとの秘密は、私を幸せに導いてくれた。そしてそれはこれからもずっと私の大切な宝物の言葉なの。

『特別な力は、あなたを守ってくれるとても強い味方にもなるけれど、あなたを利用したり、傷つけたりするきっかけにもなるの。だから、いつか、妖精の愛し子だからではなく、マーガレット自身を見つめて、愛してくれる人が現れるまでは、お母さまとの秘密にしましょう』

恋愛《れんあい》小説でいうならば、ルイスと私の結婚《けっこん》式が、きっとハッピーエンドの最終回になるのかもしれない。だけど、私達はこれからもずっと生きていく。ハッピーエンドのその後も私達の人生は続いていくのだ。

たとえば、私が今日、ソフィア様のお家でお母さまの形見の緑色のブローチとお揃《そろ》いの、青いタイピンをつけた緑色の瞳《ひとみ》の執事《しつじ》と出会った瞬間《しゅんかん》、なぜか涙《なみだ》が溢《あふ》れだすのも、ハッピーエンドのその後の物語。

～ happily ever after　ずっと幸せに ～

書き下ろし短編　初デートの宝物

「マーガレット様。僕とデートをしませんか？」

婚約《こんやく》してから二ヶ月近く経《た》った頃《ころ》、いつものように学園の図書館で一緒に勉強をしている時に、突然《とつぜん》ルイス様が言った。

「デッ、デート……ですか？」

あまりに突然すぎる言葉に私はびっくりして思わず声がうわずってしまった。

（マーガレット照れてるー）

（眼鏡ってばやるー）

（初恋《はつこい》はレモンの味だと教えてやろうか）

「今度のお休みの日に、僕と王立図書館に行きませんか？」

ルイス様は真顔で言った。……王立図書館？

「……それは、デート……なのでしょうか？」

「男女が一緒に外出することを、デートというのではないのですか？」

「……言葉の定義は、私の理解と同じです」

「では、僕とマーガレット様の最初のデートですね」

ルイス様はさらっとそう言って微笑《ほほえ》んだ。『王立図書館だったらいつもの放課後と同じじゃないかしら？』なんていう私の心のどこかにあった気持ちは、その笑顔《えがお》を見たらすべて吹《ふ》き飛んでしまった。


初デートの日、王立図書館でもルイス様はルイス様だった。

「マーガレット様。ここの数式が少し違《ちが》っているようですよ」

いつも通り真顔で私に勉強を教えてくれた。……やっぱりこれっていつもの学園の図書館と全く同じなのでは……。

「勉強は少し休憩《きゅうけい》しますか？　王立図書館には、オルタナ帝国《ていこく》の歴史書もたくさん揃っていますよ」

ルイス様の提案で、私達はお互《たが》い自由に時間を過ごした。確かにたくさんの本が揃っていて、学園の図書館より充実《じゅうじつ》しているかも。

（わー本がたくさんあるねー）

（お庭には噴水《ふんすい》もあるよー）

（いろんな場所で眼鏡をずらしてやろうか）

妖精さん達も初めての大きい図書館ではしゃいでいるわ。あっ。早速《さっそく》ルイス様の眼鏡がずらされてる。

「お茶でも飲みませんか？　モンブランが有名なお店が近くにあるようですよ」

館内から出て、のんびりお庭を散歩している時に、ルイス様は優《やさ》しく言った。

「モンブラン大好きです」

私は、ソフィア様が持ってきてくださったモンブランを食べた時のことを思い出しながら答えた。

「良かったです」

妖精さん達にずらされた眼鏡をくいっと直しながら、ルイス様は私をそのお店に連れて行ってくれた。

「予約しているモーガンです」

「……えっ？」

お店に到着《とうちゃく》して、ルイス様が店員さんに告げたことに驚《おどろ》いた。……予約していたの？

「実は予約していたのです」

席について紅茶とモンブランを注文した後で、ルイス様がほんの少し恥《は》ずかしそうに言った。

「私がモンブランを嫌《きら》いだったらどうしたんですか？」

私は純粋《じゅんすい》に疑問に思ってルイス様に聞いた。ルイス様は、妖精《ようせい》さん達に曇《くも》らされた眼鏡をキレイに磨《みが》き上げた後で答えてくれた。

「実は『マーガレット様はモンブランが好きなのでこのお店が良いのではないか』と、事前にソフィア様に聞いていたのです」

「……ソフィア様に？」

「はい。マーガレット様との初デートなので、どこが良いか皆様《みなさま》にお伺《うかが》いしたのです」

「……皆様……？」

「ソフィア様の他《ほか》にはカナン様や、父の使いで王宮に行く機会があったのでレオナルド様にも」

「えっ？　まだ十三歳のレオナルド様に……？」

「はい。それで『マーガレット様が好きなことをするのが一番だよ』と言っていただきました」

さすがだわ、レオナルド様。まさか年上のルイス様に初デートのアドバイスまでされていたなんて。

「それで考えたのです。マーガレット様が好きなことを」

「……私の好きなこと？」

「マーガレット様は、以前『学園の図書館にはあまりオルタナ帝国の歴史書がない』と言われていたので、王立図書館なら喜んでいただけるのではないか、と」

「……ルイス様。私、とても嬉《うれ》しいです。私との初デートのために、ルイス様が皆様に色々と聞いてくださったり……、いえ、……それは少し恥ずかしいですが……。何よりルイス様が、私のために色々と考えてくださったことが嬉しいです」

「……僕は、今までデートというものだけはしたことがなかったのですが、マーガレット様がどうしたら笑顔になってくれるか考えることがとても楽しかったのです。……デートとはいいものだと思いました」

照れくさそうに顔を赤くするルイス様に、私の心はときめいた。

（マーガレットの顔が真っ赤ー）

（めがねの眼鏡以外も真っ赤だよー）

（これでは初恋がいちごの味になってしまう）

温かい紅茶を飲みながら、美味《おい》しいモンブランを食べて、ルイス様とたわいのない話をすることがとても楽しかった。ルイス様は一生懸命《いっしょうけんめい》考えてくださったけれど、私の好きなことは、ただこうやって何気ない日常をルイス様や妖精さん達と過ごすことなんだわ。

「もう一つだけ一緒《いっしょ》に行きたい場所があるのです」

ルイス様はそう言って私をあるお店の前に連れてきてくれた。

「……ここは……」

「婚約指輪を贈《おく》りたいのです」

宝石店の前で困惑《こんわく》している私に、またさらっとルイス様が真顔で告げた。

「……婚約……指輪……？」

「婚約をした男性が相手の女性に贈る指輪のことを、婚約指輪と言います」

「それは知っています。そうではなくて……。ルイス様が私に指輪を……？」

「僕はマーガレット様の婚約者ですよね？」

「はい」

「婚約指輪を贈ることに問題がありますか？」

「……何もないです」

心臓がドキドキしている間に、ルイス様は私の手を引いてエスコートしながらお店に入った。

「モーガン様。いらっしゃいませ」

ここでも私は驚いた。なぜ宝石店の店員さんがルイス様のお顔とお名前を知っているの？

「実は下見をしていたのです」

「……えっ？」

「カナン様に『デートは下見がすべてなのですわ』と言われたので」

……カナン様。デートにお詳《くわ》しいのかしら……。

「それで実は、すでにマーガレット様に似合いそうな指輪を見つけてあるのです。……もしマーガレット様にも気に入って頂けたなら、その指輪を贈らせて頂きたいのです。……サプライズで贈ろうかとも考えたのですが、僕には女性の指輪のサイズというものがまったく分からなかったので……」

……なんて愛《いと》しいのかしら……。

「こちらの指輪になります」

店員さんが恭《うやうや》しく出してくださった指輪は、シルバーのリングに青い宝石の付いた、シンプルだけど上品で美しい指輪だった。私は一目でその指輪が気に入ってしまった。

「……とてもキレイ……」

思わずうっとりと呟《つぶや》いた私の言葉に、ルイス様は安堵《あんど》していた。

「良かったです」

（マーガレットの宝物が増えたー）

（ブローチと一緒に僕たちが守るねー）

（婚約《こんやく》指輪は永遠の宝物だと気づかせてやろうか）

妖精さん達も嬉しそうにパタパタダンスで祝福してくれた。

「ルイス様。今日は本当にありがとうございました。……とても幸せな一日でした」

「一生に一度のマーガレット様との初デートだったので、喜んで頂けて嬉しいです。僕も、とても楽しかったです」

ルイス様は、嬉しそうに笑った。その笑顔《えがお》こそが、婚約指輪と一緒に私にとって永遠の宝物になった。

あとがき

初めまして。桜井《さくらい》ゆきなと申します。

本作をお読みくださいまして、心より感謝申し上げます。この作品は、ＷＥＢで連載《れんさい》していた作品を加筆修正したものとなります。少しでも誰《だれ》かの心に届けば、と書き始めた作品がまさか書籍《しょせき》化されて皆様《みなさま》のお手にとっていただけることになるとは想像もしていなかったので、とても嬉《うれ》しいです。

とても素敵《すてき》なイラストで私の言葉を形にしてくださいました白谷《しろや》ゆう先生、未熟な本作を一冊の本に出来る様導いてくださいました担当様、編集部の皆様、デザイナー様、校正様、印刷所の皆様、この本の製作に携《たずさ》わってくださいましたすべての皆様に心から御礼《おれい》申し上げます。

そして私を見守ってくれた家族にも感謝を伝えさせてください。

この作品が少しでも皆様の心に響《ひび》いたのならとても幸せです。

本当にありがとうございました。

桜井ゆきな

「義妹が聖女だからと婚約破棄されましたが、私は妖精の愛し子です」の感想をお寄せください。
おたよりのあて先
〒102-8177　東京都千代田区富士見2-13-3
株式会社KADOKAWA　角川ビーンズ文庫編集部気付
「桜井ゆきな」先生・「白谷ゆう」先生
また、編集部へのご意見ご希望は、同じ住所で「ビーンズ文庫編集部」
までお寄せください。

義《ぎ》妹《まい》が聖女《せいじょ》だからと婚約《こんやく》破《は》棄《き》されましたが、
私《わたし》は妖精《ようせい》の愛《いと》し子《ご》です

桜《さくら》井《い》ゆきな

角川ビーンズ文庫　22624

令和３年４月１日　初版発行
令和４年９月25日　４版発行

発行者―――**青柳昌行**
発　行―――**株式会社KADOKAWA**
〒102-8177　東京都千代田区富士見2-13-3
電話 0570-002-301（ナビダイヤル）
印刷所―――株式会社暁印刷
製本所―――本間製本株式会社
装幀者―――micro fish

ISBN978-4-04-111223-6 C0193 定価はカバーに表示してあります。
◇◇◇